冷
不屈の妃殿下
不屈のオメガ妃殿下
と
初めてリークに出会った際、
剣の切っ先のような
男の言葉に幾度となく
傷つけられた。
でも、もうこの男は絶対に
アキトを傷つけたりしない、
そんな予感がした。だからこそ――。
「ひどくしろよ。
お前になら、ひどくされたい」

冷酷アルファ王子と不屈のオメガ妃殿下

椿 ゆず

22770

角川ルビー文庫

目次

口絵・本文イラスト／アヒル森下

1　アルファの王子

年季の入った箱馬車は、ギシギシと荒《あら》っぽい音を立て、どこまでも続く針葉樹の森を走っていた。

――アルファの王子とは、いったいどんな奴《やつ》なのだろうか。

エアリス公国の公子アキト・アーレンスは流れゆく景色を眺《なが》めつつ、アルファの王子に思いを馳《は》せた。祖国を出て六日目、もうすぐ宮殿《きゅうでん》のある王都へ到着《とうちゃく》するはずだが。

「レガル、まだ着かないのかよ。……つーか、すげぇ寒くねぇか？」

従者であるレガルに悪態をつくと、彼は元から細い目をさらに細めて、ため息を吐《つ》いた。髪《かみ》も瞳《ひとみ》も茶色で、顔立ちは整っているが愛想《あいそ》がないせいか、レガルは普段《ふだん》から素っ気ない雰囲気《ふんいき》をまとっている。

「ですから、リンデーンは非常に寒いと申し上げたではないですか。あと半刻ほどで着きますので、アキト様はごゆっくりお休みになってください」

この寒さじゃ寝《ね》れねーよ、と文句を垂れる。温暖なエアリスとは違《ちが》い、リンデーンの国境近くになると一気に気温が下がった。初めて見る城壁《じょうへき》の外の世界は、木々の一本一本でさえ目新しく映るが、あまりにも寒い。

「ところでアキト様、抑制剤《よくせいざい》はお飲みになりましたか」

「飲んだよ。まぁ、どうせ意味ないけどな。俺は半人前のオメガだ」

アキトが笑うと、レガルは思い切り眉根《まゆね》を寄せた。

「冗談《じょうだん》だって！　しっかし、ほんとに寒いな」

なんの意味もなさない外套《がいとう》を引き寄せ、背もたれに体を預ける。

箱馬車の窓に映るのは、エアリス公国でも一、二を争う美貌《びぼう》といわれる己《おのれ》の姿だ。

緩《ゆる》やかにウェーブのかかった金色の髪、褐色《かっしょく》の肌《はだ》、ブルーサファイアのような瞳、整った顎《あご》の造形はまるで彫刻《ちょうこく》のように隙《すき》がない。自分の容姿に不満はないが、欲をいうならばもう少し男らしい顔つきで生まれてみたかった。

「確か話し合いは、あっちの第三王子とするんだよな？」

「ええ。次期国王候補のリーク・ヴァルテン王子です。来年成人の儀《ぎ》を迎《むか》えられますので、アキト様より六歳ほど年下であられます」

「リーク王子ねぇ……どんな奴なんだか」

アキトがつぶやくと、レガルは神経質そうに、垂れた髪を耳にかける。

「リーク王子は賢明《けんめい》王と呼ばれるザラン国王の血を、一番色濃《いろこ》く受け継《つ》いでいるお方です。武術、学問、どちらも秀《ひい》でていらっしゃるようですが、他国からは冷酷《れいこく》な王子だと噂《うわさ》されています」

ふうん、と相槌《あいづち》を打ち、アキトはわずかに眉を上げた。数々の戦《いくさ》を勝ち抜《ぬ》いてきた現王ザランは、今や病に臥《ふ》せりがちで、世代交代は間近だといわれている。その国王候補としてもっとも力をつけているのが、リーク・ヴァルテンだ。リーク王子がどんなに冷酷な男だとしても、アキトは負けるわけにはいかない。

「アキト様、リーク王子には本性《ほんしょう》を出されませんよう」

「……兄上たちみたいなこと言うなよ」

レガルから冷たい視線を感じ、気まずく目を逸《そ》らした。

――くれぐれも本性を出すなよ、アキト！

兄たちには日頃《ひごろ》から「見た目も器量もいいが、お前はまったくもって口が悪い」、そう指摘《してき》されていた。特に長兄《ちょうけい》であり次期大公のライコフ、次兄のカイからは出発前に耳にたこができるほど説教されている。いくらなんでも数多《あまた》の従属国を抱《かか》える大国の王子に、不遜《ふそん》な態度をとるほど愚《おろ》かではないというのに。

「どうだ、レガル。賢《かしこ》そうに見えるか？」

はっきりとした二重《ふたえ》の瞳を、意識的に細める。黙《だま》っていれば知的に見えるであろう表情を取り繕《つくろ》っていると、レガルにぴしゃりと叱《しか》られた。

「ふざけるのはおやめください。私はアキト様がご幼少のころよりお仕えしておりますが、どこに出しても恥《は》ずかしくない公子であると信じております。いいですか、貴方《あなた》様は高貴なオメガの一族であることをお忘れなく」

じろりと睨《にら》まれて、アキトは肩《かた》を竦《すく》める。

この世界には男女のほかに、アルファ、ベータ、オメガという第二の性が存在している。アルファとオメガは稀少《きしょう》で、人口の九割ほどを占《し》める民衆はベータ性だ。リンデーン王国をはじめ多くの近隣《きんりん》諸国では、身体的能力や知能が高いアルファが国を支配している。唯一《ゆいいつ》、アキトの祖国であるエアリス公国は、男でも子を孕《はら》めるオメガが国を統治していた。

オメガは二、三ヶ月に一度、アルファやベータを巻き込むような発情を起こす。そのため、理性のない性だと他国から偏見《へんけん》を持たれていた。

しかし、エアリス公国において抑制剤の進歩は目覚ましく、近隣諸国が思っているよりもずっと理性的に暮らしている。発情に振《ふ》り回される時代は終わった。そこらへんにいるアルファなどには負けはしないと、胸を張って言える。

「それと……アキト様、この一件が片付きましたら、いい加減伴侶《はんりょ》を見つけてください」

「あー、はいはい！　仰《おお》せのとおりに！」

肩で大きく息をついた。レガルとは五歳しか違わないが、小さい時から世話になっている身としては、いつまでたっても頭が上がらない。

「ともかく、オメガ嫌《ぎら》いで有名なリンデーンの王子ですから、フィラネの花を貰《もら》うのも一筋縄《ひとすじなわ》ではいかないでしょう」

アキトは黙って頷《うなず》いた。

ガタガタと鳴る車輪の音を聞いていると、城に残した兄弟たちの顔が次々に浮《う》かんでくる。今頃《いまごろ》、苦しんでいないだろうか。アキトを慕《した》ってくれる幼い弟や妹のことを思うと、心臓は絞《しぼ》られたように痛んだ。

「奇病《きびょう》のためだ。いい子にしてやるよ」

最近、エアリス公国では、オメガだけがかかる奇病が流行《はや》り始めている。バラのような黒い痣《あざ》が体の一部に現れ、全身に広がると死に至る病だ。その恐《おそ》ろしい奇病は、バラ病と呼ばれ、すでに何人もの公族が犠牲《ぎせい》となっていた。

一般的《いっぱん》にオメガは、アルファやベータよりも虚弱《きょじゃく》であることが多く、新薬の開発には国としても多額の予算をかけている。

エアリス公国の優秀《ゆうしゅう》な医師らは、奇病を治すにはリンデーン王国の森にしか生育しない、『フィラネの木に咲《さ》く花』が必要だと結論付けた。

今、馬車を走らせているこの場所が、フィラネの森で間違いないだろう。木々に咲く、数え切れないほどの白く美しい花々を一瞥《いちべつ》し、アキトはレガルに問う。

「バラ病にフィラネの花が効くっていうのは、確かなのか？」

「トグリ先生のおっしゃるとおりでしょう。エアリス公国でも古くから万病の薬として、伝承されています」

トグリはアキトが小さいころから面倒《めんどう》を見てもらっている医師で、高齢《こうれい》だがとても博学で頼《たよ》りになる男だ。その彼が言うのなら、間違いはないだろう。

「フィラネの花さえ手に入れば……」

――我らオメガを長年蔑《さげす》み、いないものと扱《あつか》ってきたリンデーン王国が、助けてくれるとは到底《とうてい》思えない。

アキトが出発する前に聞いた、暗い顔をした兄弟たちの台詞《せりふ》が蘇《よみがえ》る。

遥《はる》か遠い昔、アルファが国を治めるリンデーン王国で虐《しいた》げられたオメガが、反旗を翻《ひるがえ》してエアリス公国を建国した。そのため、リンデーンとは、一度も国交を結んだことはない。

しかし、こうして奇病が流行り始めた今、悠長《ゆうちょう》に構えてはいられないのだ。アキトは次々と公族が倒《たお》れる中、自らリンデーンへ行くと志願したのだった。

姿勢を正し、段々と人が増えて賑《にぎ》やかになる街道《かいどう》を眺めた。

本や語り継がれる昔話で存在は知っていたが、本物のアルファと会うのは初めてだ。言い伝えによれば、アルファとオメガは番《つがい》という特別な関係を結べるらしい。アキトの暮らすエアリス公国には、アルファがいないため、真偽《しんぎ》はよくわからないが。

「リーク・ヴァルテン……か」

その名を確かめるように、ぽつりとつぶやく。まだ見ぬ王子を思い描《えが》くと、アキトの胸に期待と不安が入り混じった。あれこれ考えていても始まらない。たとえ、どんなに困難な道でも、諦《あきら》めるつもりはさらさらないのだから。

レガルの言うとおり、半刻ほどでリンデーン王国の王都にたどり着いた。

門前払《もんぜんばら》いされる可能性もあると危惧《きぐ》していたが、検問は驚《おどろ》くほど簡単に通過でき、アキトたちは拍子抜《ひょうしぬ》けした。

先に親書で経緯《けいい》は説明しているにしても、アキトの往訪も門番にわざわざ伝えられていたとあっては、リーク王子は我々を歓迎《かんげい》しているのではと淡《あわ》い期待を抱《いだ》いてしまう。

「ここが王都か。すげぇなぁ！」

アキトは馬車の窓からリンデーンの王都をきょろきょろと見渡《みわた》し、感嘆《かんたん》の声を上げた。

隅々《すみずみ》まで舗装《ほそう》された道。夕方だというのにますます活気づく市場。エアリス公国とは比べ物にならないほどの大きなステンドグラスが施《ほどこ》された教会。目に入る何もかもが、洗練され華《はな》やいで見える。

「しかも、なんなんだ、このでかさは……！」

街の中心にある宮殿《きゅうでん》の門まで来て、馬車から降りたアキトは立ち尽《つ》くした。

あまりに広大で、めまいがしそうだった。庭園には、ザラン王の力を見せつける美しい彫刻《ちょうこく》やいくつもの綺麗《きれい》な泉水が配され、手入れの行き届いた植物や花が、整然と植えられている。

「エアリス公国のアキト・アーレンス公子。鏡の間でお待ちください」

態度がいいとはお世辞にも言えない門番に案内されたのは、鏡の間といわれる回廊《かいろう》だった。

「案内、ご苦労様」

アキトが微笑《ほほえ》むと、門番は口を結び、顔を真っ赤にして走り去ってしまった。

「俺の魅力《みりょく》にやられたかな？」

茶化《ちゃか》すようにアキトは片目を瞑《つぶ》る。レガルはどうしようもないとでも言いたげに、顔を背《そむ》けていた。

シンと静まっただだっ広い空間は、外に比べたら別世界の暖かさだ。高い天井《てんじょう》を見上げれば、細かい装飾《そうしょく》が施されたシャンデリアの光に目を奪《うば》われた。

数えるのも億劫《おっくう》になるほどたくさん張り巡《めぐ》らされた一面の鏡に、アキトの姿が映る。乱れた金色の髪《かみ》を手櫛《てぐし》で整えていると、隣《となり》にいるレガルが険のある声を出した。

「仮にも一国の公子であるアキト様をこのように待たすとは、決して許されることではありません」

「仮にもってなんだよ。……まぁ、国が変われば文化も変わる。いちいち気にするな、レガル」

そうは言ってみたものの、待てど暮らせど第三王子のリークがやって来ない。

レガルは細い目をきつく吊《つ》り上げ、苛立《いらだ》ちを隠《かく》さずに辺りを見回していた。

飾《かざ》られた絵画や素晴《すば》らしい天井画の装飾に、しばらく感心しきっていたアキトだったが、それも飽《あ》きた。

長旅で疲《つか》れた体を揉《も》みながら、ふぁ、と抑《おさ》えきれない欠伸《あくび》が漏《も》れ出た、その時――。

音を立てて奥の扉《とびら》が開いたかと思うと、美しい青年が多くの従者を従え、こちらをまっすぐに見据《みす》えていた。一瞬《いっしゅん》で回廊の空気が変わる。

カツ、カツ、と優雅《ゆうが》に大理石の床《ゆか》を鳴らして、男が歩いてきた。

「余はリンデーン王国の第三王子、リーク・ヴァルテンだ」

張りのある強い声、すべてを見透《みす》かすような冴《さ》え冴《ざ》えとした漆黒《しっこく》の瞳《ひとみ》、艶《つや》やかな長い黒髪は後頭部でひとつにまとめられている。

鍛《きた》えられているとわかる体も、若々しく優美さが匂《にお》い立つ顔立ちも、何もかもが完璧《かんぺき》だった。

アキトの体の中を、感じたこともない高揚《こうよう》が駆《か》け抜けてゆく。

こいつは本当に年下か？　心でつぶやいて、唾《つば》を飲み込む。

とても十九歳には見えない。比較《ひかく》的長身で体軀《たいく》に恵《めぐ》まれたアキトだが、リークはそれ以上に体付きがいい。

「貴様らは下がっていろ」

「はっ、かしこまりました」

後ろにいた従者たちに命令し、リークは冷ややかに視線をこちらに移した。

まとっている赤い外套の上には、大きな襟《えり》の毛皮を羽織っている。おそらく、エアリス公国では滅多《めった》にお目にかかれない、アーミンと呼ばれる上等なオコジョの毛皮だ。

腰《こし》にはリンデーン王国の紋章《もんしょう》と古《いにしえ》の文字が彫《ほ》られた剣《けん》。柄《つか》に埋《う》め込まれた宝石を売れば、相当な値段になりそうだ。

「何を呆《ほう》けておる。名を名乗れ」

アキトははっとして姿勢を整え、唇《くちびる》の両端《りょうはし》を上げる。

「お初にお目にかかります、殿下《でんか》。エアリス公国の第四公子アキト・アーレンスにございます」

心臓がひどく騒《さわ》がしい。身動きひとつとれない圧倒《あっとう》的な存在感だった。アキトは平静を装《よそお》いながらも、今まで感じたことのない畏怖《いふ》を覚えていた。

「貴様がオメガか。……そちらの従者はベータだな」

不躾《ぶしつけ》な瞳が、ゆっくりとアキトとレガルを交互《こうご》に見やる。その目に射貫《いぬ》かれると、細胞《さいぼう》のひとつひとつが粟立《あわだ》つ感覚に襲《おそ》われる。

「ふんっ、オメガがベータを従えるなど、我が国では考えられぬことよ」

優雅な見た目とは裏腹に、オメガを蔑む瞳はひどく冷たかった。

主君を馬鹿《ばか》にされて苛立ったように、鋭《するど》い視線を向けたレガルを、アキトはそっと手で制しながら微笑む。

「リンデーン王国には、オメガがいないとお聞きしております」

「ああ、そうだ。遠い昔、我が国におったオメガは、尻尾《しっぽ》を巻いて逃《に》げ出した。それに関しては貴様らのほうがよく知っているだろう」

まるで負け犬とでも言いたげなリークの笑《え》みに、腹の底がちりっと燃えるような怒《いか》りが込み上げた。

もともとエアリス公国は、リンデーン王国から独立したオメガたちが作った国だ。しかし尻尾を巻いて、とは……語弊《ごへい》がありすぎる。

「初めてオメガを見たが、姿形だけはいいようだな。それに……なんだこの甘い匂いは、女物の香水《こうすい》でも使っているのか」

「オメガ特有の肌香《はだこう》にございます。……さっそくですが、殿下」

アキトは愛想《あいそ》笑いを張りつけていた顔を、静かに真顔へと戻《もど》す。

「こちらに参りましたのは、最近、エアリス公国で猛威《もうい》を振《ふ》るうバラ病の件にございます。せっかくの謁見《えっけん》ではありますが、我々には時間がございません。ぜひ早急にフィラネの花を、譲《ゆず》っていただけませんでしょうか？」

「まさか無償《むしょう》でとは申すまいな」

「もちろん、それ相応の対価をお支払《しはら》い致《いた》します」

リークはにやりと片方の口角を上げた。何を要求されるのか、緊張《きんちょう》した面持《おもも》ちで次の言葉を待つ。

「オメガをよこせ」

「は？」

思わず情けなく口を開けて、リークを見つめ返した。

「余の妾《めかけ》として、受け入れる」

どんな法外な金額をふっかけられるかと思いきや、オメガ自体を要求されるとは思いもよらなかった。

リンデーン王国の次期国王候補の公妾《こうしょう》となれば、当然、裕福《ゆうふく》な生活が約束されるだろう。だが、ここはオメガ嫌《ぎら》いの国だ。可愛《かわい》い妹たちのいずれかを嫁《とつ》がせるとなると、アキトとしては心配でいてもたってもいられなかった。

「どうした。さっさと返事をしろ」

「……申し訳ございません。私の一存では、返答できかねます」

「何を悠長《ゆうちょう》なことを言っている。時間がないと申したのは貴様のほうだろう」

アキトはその先の言葉に詰《つ》まり、一瞬考え込んでしまった。確かにこうしている間にも、祖国に残した同胞《どうほう》たちは苦しい思いをしている。

「リーク殿下。では、先にフィラネの花を頂けますか？　後ほど殿下の意に適《かな》う妾候補を連れて参ります」

「それでは何日かかるかわからぬではないか！」

急に声を荒《あら》らげるリークに、アキトは目を丸くした。

ふっ、とリークが微笑みのようなものを浮《う》かべる。細まった美しい瞳に見つめられたアキトの体は、自分の意思とは関係なく、熱い疼《うず》きに冒《おか》された。

「アキトと言ったな、お前が妾となり、余の子どもを産め」

まるで頭を殴《なぐ》られたような衝撃《しょうげき》が、アキトを襲《おそ》う。

「アキト様が妾⁉」

珍《めずら》しくレガルが声を裏返し、それからはっとしたように「失礼致しました」と頭を下げた。

アキトはリークの言葉をなんの面白味もない冗談《じょうだん》だと思ったが、本人は至って真面目《まじめ》な顔をしている。

「殿下、私は男ですが？」

「そんなもの見ればわかる！」

「でしたら、わざわざ男の私を選ばずとも……」

「オメガは男でも子を産めるのであろう」

「いや……ええ、まぁ……確かに……、そうですが……」

アキトはすっかり動転して、言葉を濁《にご》した。オメガの国であるエアリス公国でさえ、男が子を産むことは滅多にない。

「猶予《ゆうよ》がないのはこちらも一緒《いっしょ》だ。フィラネの花は馬車に用意してある。即刻《そっこく》、決断をしろ、エアリス公国の公子よ」

アキトは息を呑《の》み、しばし呆然《ぼうぜん》としていた。これは現実か。今すぐ逃げ出してしまいたい衝動に強く駆られる。

会ったばかりでこんなにも蔑《さげす》んだ視線を投げかける男の赤子を、俺に孕《はら》めというのか。

一瞬、深い絶望に打ちひしがれそうになったが、アキトは思い直した。バラ病で亡《な》くなった公族を思えば、躊躇《ちゅうちょ》してはいられない。

まなじりを決して瞳をリークへと向ける。

「あくまで子を儲《もう》けるために、妾になれということですね？」

「ああ、そうだ。まさかオメガの分際で、正妻になれるとは思っていないだろうな」

軽侮《けいぶ》のこもった瞳を向けられ、まぶたがぴくりと痙攣《けいれん》した。

「貴様は、ただ余の子どもを孕めばよい」

「……承知致しました」

「ア、アキト様！　何をおっしゃっているのです！」

レガルの声が、広い回廊《かいろう》に響《ひび》き渡《わた》る。

「いいんだ、レガル」

病に臥《ふ》せっている国の兄弟たちが助かるのなら、自分が男の妾となるくらいどうってことないじゃないか。ためらいそうになる己《おのれ》を叱咤《しった》し、アキトは強く拳《こぶし》を握《にぎ》り締《し》めた。

「リーク殿下、必ずや約束は果たします。今すぐにフィラネの花を祖国へ送ってください」

リークは感情のない冷徹《れいてつ》なまなざしをアキトに向けつつ、大きく頷《うなず》く。それから素早《すばや》く従者を呼び出すと、フィラネの花を持ってエアリス公国へ出発するよう命令した。

「レガル、今からお前がエアリスまで案内しろ」

「で、ですが、アキト様！」

「何度も言わせるな、行け」

アキトの言葉を受けて、レガルは沈痛《ちんつう》な面持ちで深く頭を下げた。

これが最後の言葉になるかもしれない。アキトは心で覚悟《かくご》を決め、屈託《くったく》ない笑《え》みをいっぱいに浮かべた。

「元気で暮らせ、と皆《みな》に伝えてくれ」


レガルがフィラネの花を載《の》せた馬車で祖国に旅立ってから、すぐ侍女《じじょ》たちに大浴場へ連れて行かれた。

服を剝《は》ぎ取られたかと思うと、頭の先からつま先まで丁寧《ていねい》に体を洗われる。

普段《ふだん》であれば、女たちに囲まれたこの状況《じょうきょう》を楽しむのだが、これからいったい自分はどうなるのだろうと考えただけで、下半身は大人しくなった。

忙《せわ》しなく鳴る心臓を落ち着かせるために、大きく深呼吸をする。

「まもなく、リーク殿下《でんか》がいらっしゃいます」

そう言って侍女たちが去ってから、どれくらいの時間がたったのだろう。

上質なシーツの上で、わざと乱暴にあぐらをかいた。大人の男が五、六人寝《ね》ても問題ない大きさの寝台《しんだい》は、天蓋《てんがい》から垂れた絹の布でぐるりと囲われている。

「……ったく、なんなんだよ、この格好は」

自分の体を見下ろし、アキトは小さく舌打ちをした。

細かな白いレースがふんだんにあしらわれた下着は、相当高価なものだと予想できるが、絶対に男が着る代物《しろもの》ではない。裾《すそ》は太ももまでしかなく、体の輪郭《りんかく》が薄《うす》く透《す》けている。

今日会ったばかりだというのに、よもやこんなにも早く夜伽《よとぎ》を命じられるとは思わなかった。

何もかも祖国のためだと呪文《じゅもん》のように心で唱える。待ちくたびれて少しだけ寝台に横たわろうとしたその刹那《せつな》、扉《とびら》が無遠慮《ぶえんりょ》に開かれた音がした。

人の気配はする。が、ドレープで遮《さえぎ》られた向こう側にいる人間が誰《だれ》なのか、アキトにはわからなかった。

「リーク殿下でいらっしゃいますか？」

遠慮がちにアキトが声をかけると、垂れた布をくぐって入ってきたのは、確かにリークだった。

先ほどまとっていた高そうな毛皮も外套も着ておらず、軽装をしている。

レガルも祖国へ帰ってしまった今、アキトが頼《たよ》りにできるのはリークだけだ。まだ互《たが》いのことをよく知りもしないが、唯一《ゆいいつ》の顔見知りと言ってもいい存在に会えて、心のどこかでほっとしていた。そんなアキトの目とリークの漆黒《しっこく》の瞳《ひとみ》がかち合い、アキトはいたたまれない思いを抱《いだ》いて、ぎこちなく笑ってみせる。

相手は大国の王子とはいえ六つも年下の青年だ。自分から声をかけ、経験の差を見せなければ。

どうぞ召《め》し上がれ？　いや、違《ちが》うな。優《やさ》しくしてくれ？　馬鹿《ばか》じゃねぇんだから。童貞《どうてい》でもあるまいし、今さら初心《うぶ》なフリをするわけではないが、正直、なんと声をかければいいのか見当もつかない。

戸惑《とまど》うアキトの心情などお構いなしに、リークは無表情に言い放った。

「さっさと発情して、股《また》を開け」

開口一番にそれか、と思わず説教したくなってしまった。

寝台の上に座って偉《えら》そうに腕組《うでぐ》みをする男を、アキトは呆《あき》れた思いで見上げる。

甘い言葉を耳元で囁《ささや》いて口説けとは言わない。だが、せめて男に抱かれる立場としては、それ相応の雰囲気《ふんいき》作りくらいしてほしい。そうでなくとも、こちらはこんなにもこっぱずかしい格好をさせられているのだから。

「リーク殿下。……お言葉ですが、オメガにとって発情とは、しようと思ってできるものではありません」

アキトが優しく諭《さと》すと、ぴくりとリークの片眉《かたまゆ》が上がった。

「何を言っておる。アルファと知れば、すぐに発情し、誘惑《ゆうわく》するのがオメガであろう」

なんと無知な男だと心では憤《いきどお》っていたが、決して顔には出さなかった。相手はまだ成人していない子ども。俺は大人だ、と心で三回繰《く》り返して、愛想《あいそ》笑いを浮かべる。

「リーク殿下は今までオメガと接していらっしゃらなかったので、無理もないと思いますが、オメガは二、三ヶ月に一度しか発情期が来ません」

初めて聞いたような顔をされたが、気にせず続けた。

「それに申し遅《おく》れましたが、私には発情期がございませんので――」

「なんだと」

リークはアキトの言葉を遮った後、部屋に響き渡るほどの声を出した。

「貴様、それはいったいどういうことだ！」

いちいち失礼な奴《やつ》だ。アキトは心の中で毒づきつつ、完璧《かんぺき》な作り笑いで応《こた》える。

一般《いっぱん》的なオメガは、十五歳までに発情を経験して初めて一人前とされる。しかし、アキトはその年齢《ねんれい》をすぎても発情期が来ず、様々な治療《ちりょう》を試《ため》したが、二十五歳になった今でも発情していなかった。

医師のトグリには、おそらくこれから先も発情はしないだろうと言われている。

「例外とでも申しましょうか……。ですが、オメガは発情をしなくても子が産めます。何も問題はありません」

アキトがアルファだらけのリンデーン王国へ行くと決めたのは、発情しないオメガであるのもひとつの理由だった。

エアリス公国の抑制剤《よくせいざい》の効果は世界一だが、服用する者によっては副作用もあるし、念には念を入れるに越《こ》したことはない。

「そんな馬鹿な……発情しないオメガだと……」

リークはあからさまに動揺《どうよう》している様子だったが、すぐに顔を上げると、アキトの顎先《あごさき》に手を伸《の》ばした。強引《ごういん》に上を向かされ、吐息《といき》がかかる距離《きょり》で視線が交わる。まるで良質な酒を舐《な》めたような高揚《こうよう》が、アキトの心を乱した。

「なんでもよい。貴様が余を勃《た》たせろ」

そう命令するリークの表情は、相も変わらず美しい。

――自分の意思など関係ない。これは国のため、我が兄弟たちのためだ。

自らを奮い立たせ、リークの頬《ほお》に手を滑《すべ》らせた。顔を寄せてそっと唇《くちびる》を重ねるだけのつもりだったが、男の舌が口腔《こうこう》に滑り込んできてぎょっとする。

「んっ……ふっ……」

リークのぶ厚い舌に口の中を隅々《すみずみ》まで犯《おか》され、解放された時には息が弾《はず》んでいた。口づけだけなのに、体がどろどろになるくらい気持ちいい。

アキトはアルファとオメガの相性《あいしょう》のよさに、恐《おそ》ろしさすら感じた。息を整えながら体を離《はな》し、リークへ問う。

「これを脱《ぬ》いでもよろしいですか？　せっかくご用意いただいたものですが、私には似合いませんので」

ひらひらとレースの下着を揺《ゆ》らしてみせると、「好きにしろ」と興味もなさそうにリークが言い放つ。

なるようにしかならない。自分のやるべきことをやるだけだ。

レースを引っかけないよう慎重《しんちょう》に脱いでいると、リークは思いきりよく、まとっていた服を脱ぎ捨てた。追いかけるようにアキトも全裸《ぜんら》になって、寝台に座る。

リークの体は、想像以上に凜々《りり》しく引き締まっていた。アキトも日々鍛錬《たんれん》を積んでいるが、そのアキトから見ても無駄《むだ》のない体付きには脱帽《だつぼう》する。胸に何本も入った傷は、戦《いくさ》で受けたものだろうか。

ケロイドになった傷をなぞると、かすかにリークの息に乱れが生じた。

完全無欠な美しさを誇《ほこ》っている男も、生身の人間なのだ。

胸、脇腹《わきばら》、脚《あし》の付け根。まだ成熟しきっていない弾力《だんりょく》のある肌《はだ》を、順番にまさぐる。その瞬間《しゅんかん》、気高いアルファの青年をどうとでもできることに、アキトの中で優越感《ゆうえつ》が生まれた。なんて下衆《げす》な考えだろう。でも、だからこそセックスは楽しいんじゃねぇか。

まるで灯火《ともしび》に集まる虫のように、リークのアルファの香《かお》りに強く惹《ひ》かれていた。今度は太ももの きわどい場所を撫《な》で上げれば、こくりとリークの喉仏《のどぼとけ》が上下する。男らしく艶《なま》めかしいその反応に煽《あお》られ、胸が甘く痺《しび》れてゆく。そういえば、ここのところバラ病の対応に追われて、色事とはずいぶんと無縁《むえん》だった。

「殿下、ここを……舐めてもよろしいですか？」

茂《しげ》みの下にある雄《おす》の象徴《しょうちょう》に触《ふ》れる。

「いちいち聞くな、鬱陶《うっとう》しい」

その態度は気に入らなかったが、アキトは生唾《なまつば》を飲み込みながら、リークの性器に手を伸ばした。

やはりアルファのものは、格段に大きい。今は萎《な》えているが、これが完全に勃起《ぼっき》したら、どれほどの大きさになるのだろう。鼓動《こどう》が速くなる。リークの性器を口の中に受け入れ、アキトは想像で後孔《こうこう》をはしたなく濡《ぬ》らした。

だが、手を替《か》え品を替え愛撫《あいぶ》してみるも、まったく兆《きざ》しがない。

「顎が疲《つか》れた……」

とうとう、アキトは音を上げ、唾液《だえき》で濡れた唇を親指で拭《ぬぐ》った。今までそれなりの経験を積んできたが、こんなにうまくいかないのは初めてだ。

アルファの王子は、無表情でアキトを見下ろしている。

アキトは膝《ひざ》を立てて寝台《しんだい》に座り、乱れた髪《かみ》をかき上げた。いくら威厳《いげん》を感じさせるアルファといえど、中身は十九歳の青年だ。

「初めてでいらっしゃいますか、殿下《でんか》」

「馬鹿を言うな。余が初めて女を抱いたのは十四の時だ」

「でしたら、やはり男に抵抗《ていこう》が？」

「否《いな》」

「では、緊張《きんちょう》をなさっていらっしゃる？」

「くだらぬことばかり聞くな！」

平行線の会話に辟易《へきえき》し、アキトは食い入るようなまなざしで男を注視した。

「……だとしましたら、私によっぽど魅力《みりょく》がないか、殿下が勃起不全ということになりますが」

ぐっと押し黙《だま》って、リークは唇を嚙《か》む。アキトを責めているというよりは、まるで図星を指されて拗《す》ねているみたいな仕草だ。その態度に面食《めんく》らったアキトは、きょとんとリークを見つめる。リークはひどく気まずそうに、アキトから視線を逸《そ》らした。

「き、貴様には関係のない話だ！」

あからさまに動揺するリークを、アキトは啞然《あぜん》として見上げた。

「まさか……本当に勃起不全なのですか？　理由を伺《うかが》ってもよろしいですか、リーク殿下」

「うるさい！　やはり、出来損《できそこ》ないのオメガでは無理のようだな！　……まったく、なんのために淫乱《いんらん》で下等な血を、この国に受け入れてやったと思っているのだ！」

「なんのためにって……」

アキトはリークの態度を見て、点と点が結ばれた気がした。もしかするとリークは、特に繁《はん》殖《しょく》能力や発情香《はつじょうこう》の強いエアリス公国のオメガなら、自分の勃起不全を治してもらえると考えたのではないだろうか。

「発情しないオメガなぞ、聞いたためしがない！　これでは子もなせぬではないか！」

一方的な怒《いか》りをぶつけられ、アキトはふんっと顎を反らした。

こっちだって勃たないアルファなんて聞いたことがない。どこまでも傲慢《ごうまん》なリークの態度に腹を立てながらも、できるだけ感情を押し殺した。

「いくらオメガといえど、子種がなくては子をなせません」

リークの漆黒《しっこく》の瞳《ひとみ》が、ドレープからわずかに漏《も》れるシャンデリアの灯火を受けて鋭《するど》く光る。

「余に物申すことは許さぬ。早急《さっきゅう》に発情できるオメガを差し出さなければ、フィラネの花の取引は白紙に戻《もど》す」

アキトはぎょっとして、勢いよく顔を上げた。

「ま、まさか今さら約定を破棄《はき》されると？」

「発情香を出せぬ貴様に、存在する意味などない。今から馬を出せば、貴様の従者に追いつくだろう。花は返してもらうぞ、いいな」

奇病《きびょう》の特効薬を得られなければ、祖国のオメガたちに甚大《じんだい》な被害《ひがい》が及《およ》ぶだろう。

「お待ちください！　今までの非礼は謝ります。しかし、私の立場も考えていただけませんか、リーク殿下。今、祖国に出戻っても、恥《はじ》を晒《さら》すだけです」

「知ったことか。我が国の平定のために、なんとしても余は跡継《あとつ》ぎを得なければならない」

「私を妾《めかけ》のまま置いてくだされぱいいではないですか！　殿下はどうぞこの国のアルファの女性を好きなだけ娶《めと》って――」

「余がアルファの女では勃たぬから言っているのだ！　とにかく発情できるオメガをよこすまで、取引の話は白紙にする。貴様はエアリスへとっとと帰れ！」

素早《すばや》く服をまとったリークが、寝台から降りて靴《くつ》を履《は》く。

「リーク殿下！」

アキトはリークの腕《うで》を強く摑《つか》んだ。このまますごすご帰るわけにはいかない。

うんざりした目で振《ふ》り向いたリークは、これ見よがしに大きく舌打ちをした。

「しつこい」

「殿下、どうかフィラネの花だけは……！」

「離せ。たかがオメガだ。どこで野垂れ死のうが、アルファの知ったことではないわ」

こいつは本当に同じ人間か？

「なっ⁉」

表情ひとつ変えず吐《は》き捨てたリークに、アキトは制御《せいぎょ》できないほどの怒りが這《は》い上ってゆくのを感じた。

「命にオメガもアルファもあってたまるか！　それともアンタには人の心がないのか！」

驚《おどろ》いたようにリークが目を見開く。啖呵《たんか》を切ってしまったが、後悔《こうかい》は微塵《みじん》もなかった。

リークが冷酷《れいこく》と噂《うわさ》される所以《ゆえん》は、この傲慢さにあったのだ。アキトが未《いま》だ強く憤《いきどお》っていると、男はわずかに微笑《ほほえ》みを浮《う》かべる。

「そうだな。そこまで言うのなら、あいわかった」

ようやく理解してもらえたのだ。ほっと胸を撫で下ろしたアキトに、リークは心の芯《しん》まで凍《こご》えてしまいそうな冷たい声で言い放つ。

「余の靴を舐《な》めろ」

ぞくりと鳥肌《とりはだ》が立ち、思わず息を呑《の》んだ。

「どうした。靴を舐めたら、花を持ち帰ることを許してやると言っておるのだ。もちろんオメガを差し出す条件は変わらないがな」

靴を舐めるなんてできるものか。そのような屈辱《くつじょく》を味わうくらいなら、死んだほうがましだ。

きつくリークを睨《にら》みつけると、男は美しい顔に、ぞっとするような妖艶《ようえん》な笑《え》みを浮かべた。

「できぬか……。では潔《いさぎよ》く花は諦《あきら》めろ。さぁ、退《ど》け」

「お、お待ちください、リーク殿下！」

激しい怒りに震《ふる》えながら、アキトは急いで床《ゆか》に片膝を屈《くっ》する。手を床につけて深々と頭を下げると、ひんやりとしたタイルの冷たさが、直《じか》に肌へと伝わった。

「おっしゃるとおりに致《いた》します。……ですので、どうか……！」

額を床にこすり付ける勢いで、アキトは懇願《こんがん》した。体はどんどん冷えてゆくのに、心臓は火がついたみたいに熱く猛《たけ》っている。

横柄《おうへい》な態度で笑ったリークが、靴先を目の前に差し出してきた。

冷酷な男のまなざしをひしひしと感じながら、アキトは震える舌でリークの靴を舐める。ざらっとした革《かわ》の苦みが、口の中に広がっていった。込み上げる吐き気を必死で堪《こら》えているうちに、じわじわと涙《なみだ》がにじむ。なんという屈辱。

「昔を思い出したか、オメガよ」

靴を舐める行為《こうい》は、遥《はる》か昔、祖先のオメガが奴隷《どれい》に落とされた際の服従のポーズとされていた。それをわかっていて、この男はわざとやらせているのだ。

いったい自分は、他国の王子の前で何をしているのだろう。こんなに惨《みじ》めな思いは生まれて初めてだ。気を抜《ぬ》くと涙が溢《あふ》れ出そうで、アキトは刃物《はもの》のように尖《とが》った視線を、リークへ向け続けた。

「ご満足いただけましたか。リーク殿下」

屈辱に震えるアキトの顎《あご》に手をやり、リークは氷のような嘲笑《ちょうしょう》を浮かべる。

「今すぐに余を斬《き》り殺してしまいたいという顔だな」

「いえ、……そのようなことはございません」

リークの視線が舐めるように体を這ってゆく。この男が許せないのに……そのまなざしを間近に感じると、子を宿せる体がじわじわと濡《ぬ》れるように反応した。

何考えてんだよ、馬鹿《ばか》。アキトは唇《くちびる》を噛み、熱くなった頬《ほお》をうつむかせる。

オメガの性に劣等感《れっとう》を抱《いだ》いたことは一度もない。けれど、今回ばかりはアルファに惹《ひ》かれる己《おのれ》の血が憎《にく》かった。

「ふんっ、オメガの中でもっとも高貴だとされるエアリスの公子も、所詮《しょせん》この程度か。オメガはどこまでいってもオメガだな」

リークは興覚めしたように顔を背《そむ》け、身支度《みじたく》を調《ととの》えて部屋を出て行く。アキトは何も声を出せず、しばらく冷たい床でただ強く拳《こぶし》を握《にぎ》っていた。

これでエアリス公国の平和が得られたのだから、なんの後悔もない。そう言い聞かせていられたのも、リンデーンの国境を越《こ》えるまでだ。

——帰りの馬はくれてやる。ありがたく思うんだな。

アキトは一人祖国へ向かいながら、喉元《のどもと》まで込み上げた憤りを持て余していた。

青鹿毛《あおかげ》の上等な馬をこれ見よがしにリークがよこしたことにも腹が立つし、何よりあの人を小馬鹿にした顔が何度も蘇《よみがえ》って、口から火でも何でも出せそうだ。

——花は好きに使うがよい。しかし、国に帰ってから、もっとまともなオメガを用意するのを忘れるなよ。

「なにがもっとまともなオメガだ……あんのクソガキ覚えてろよっ！　あー、寒いんだよ、ちくしょう！」

延々と途切《とぎ》れない文句と、蹄《ひづめ》の音を響《ひび》かせて、アキトは疾風《しっぷう》のように馬を駆《か》けさせた。この速さなら、じきにレガルの馬車にも追いつくだろう。

あれだけ格好をつけてレガルと別れたというのに、「閨《ねや》で使い物にならずお役御免《やくごめん》になった」と伝えたら、どんな顔をするのだろう。想像しただけで、疲《つか》れが倍になる。

いったい誰《だれ》のせいだ、誰の。

「リーク・ヴァルテン〜〜〜〜〜！」

貰《もら》った馬の黒いたてがみが靡《なび》くと、冷酷で傲慢で最低最悪なアルファの王子を思い出す。アキトは唇を噛《か》み締《し》め、ますます手綱《たづな》を持つ手を固く握り締めたのだった。

あれから半月がたった。アキトが城から街に出ると、暮れの冷えた潮風が頬にあたる。秋を迎《むか》えたエアリスは、少し肌寒《はだざむ》くなってきている。

アキトは一瞬《いっしゅん》身を縮めたが、リンデーン王国の極寒地獄《ごっかんじごく》に比べれば、なんてことはないと思い直した。

エアリス公国の領土は、リンデーン王国の二百分の一程度だ。サリドア海に囲まれた小さな城郭《じょうかく》都市で、街の周囲には堅固《けんご》な城壁《じょうへき》がある。敵の侵入《しんにゅう》を防ぐため、入り口はたったひとつの旋回橋《せんかい》のみとなっている。温暖な気候で住みやすく、ベータだけで構成される国民は明るく活発だ。

「アキト様ではありませんかぁ！　さぁ、さぁ、中へ！」

行きつけの酒場に入るなり聞こえた酔《よ》っ払《ぱら》いの声に、アキトは「久しぶり」と口の端《はし》を上げた。

この小さな島でアキトが顔を知らない奴《やつ》はいない。幼いころから城を抜け出して街に遊びに出ていたアキトのことは、誰もがよく知っていた。アキトの口の悪さは、酒場の男たち譲《ゆず》りだといっても過言ではないだろう。

店の中には、酒を飲みながらカードをする人々、はたまたひとり身の女たちに、それを狙《ねら》う男どももいて、いつも以上に騒《さわ》がしい。

「アキト様！　こちらへ！」

「ずるいわよ！　アキト様、ぜひこっちにいらっしゃって！」

フィラネの薬の手配に忙《いそが》しく、アキトが酒場に来るのは久しぶりだった。女どもの黄色い呼び声に片手で応《こた》えながら、カウンターの一番端《はじ》へ腰《こし》を下ろした。

「親父《おやじ》。いつもの」

　歯のかけた店主がにっと笑い、大きなコップがアキトの前に差し出される。なみなみと注がれているのは、この国でよく飲まれているエールだ。

「アキト様！　おかえりなさい！」

「バラ病はなんとかなりそうですか？」

　女たちは華《はな》やかな笑顔で、アキトの周りに集まる。

「ああ。フィラネの薬もできたし、問題ない。君たちには心配をかけたな」

　エールを飲み干し、アキトは気遣《きづか》う女たちに笑ってみせる。

　持ち帰ったフィラネの花のおかげで、奇病《きびょう》は終息に向かった。医師トグリの見立ては正しく、伝承のとおり、花が特効薬というのも本当だった。感染《かんせん》予防のために、アキトを含《ふく》むすべての公族が薬を接種したが、それ以降バラ病を患《わずら》ったオメガはいない。

「ねぇねぇアキト様。アルファを見たんでしょ？　どうだった？」

　そばかすのある靴屋《くつや》の娘《むすめ》が、内緒話《ないしょばなし》をするように聞く。隣《となり》にいた恰幅《かっぷく》のいい男が、アキトの肩《かた》に腕《うで》を回して質問を重ねた。

「アルファのチンコって、やっぱりでけぇのか？」

　周りの女たちが「やだぁ」と笑い出し、アキトはお代わりしたエールを噴《ふ》き出しそうになった。

確かに今まで見た誰よりも立派な一物を持っていた。それに、細身だが、脱《ぬ》いだ体は逞《たくま》しかったし、目を奪《うば》われる色男だった。あの体に抱かれたら、いったいどうなっていたんだろう。

アキトは思い浮《う》かんだリークの裸体《らたい》を、首を振《ふ》って頭から追い出した。

どんなに見た目がよくても、中身は最悪だ。

「で、どうなんですか、アキト様！　アルファのチンコは！」

ぐっと大きな手のひらに肩を引き寄せられ、「アンタのよりはでけぇだろうな」と大男の腕を振り払《はら》って笑う。

「確かに、ちげぇねぇや！」

酒場の常連客が、むっとしている大男の肩を叩《たた》きながら、賑《にぎ》やかな笑い声を上げた。

「アキト様。アルファは魔法《まほう》が使えるって、本当なんですかい？」

今度は酒場の店主が聞く。次々と質問が湧《わ》き出て止まらない様子に、アキトは苦笑いを浮かべた。この国の人間は、アルファを知らないのだから無理もないが。

「魔法なんて使えるかよ。アルファだってオメガと同じ普通《ふつう》の人間だ。普通だ、ふ・つ・う！」

「でも、エアリスに伝わる昔話にあるじゃない！　運命の番《つがい》の話！」

隣に座った娘が意気揚々《いきようよう》と言った。

――運命の番がこの世にたった一人いる。

城の書庫の一番隅《すみ》に追いやられていた古臭《ふるくさ》い絵本には、確かにそう書かれていた。

幼いころは、自分にも運命の番が存在するかもしれないと、密《ひそ》かに憧《あこが》れていた。だからこそ、アルファの王子に会うと決まった時、かすかに胸が騒いだのだ。結果は散々なものだったけれども。

「それにしても、リンデーンの王子はいったい何様のつもりかしら。こーんなに格好いいアキト様を振るなんて、正気とは思えない」

「ほんと！　めちゃくちゃ趣味《しゅみ》が悪い！」

うんうんとアキトは頷《うなず》いて、頬杖《ほおづえ》をつく。

「そうだろう？　その趣味の悪い王子によーく言って聞かせてやれ。顔よし、性格よし、ついでに人望も厚い。このアキト・アーレンス様を何だと思ってんだってな」

おどけたアキトに、どっと酒場の連中が笑った。

「まぁまぁ、これ食って元気出してくださいよ、アキト様！」

店主が差し出した温かな魚とそら豆のスープを、アキトはありがたく頂戴《ちょうだい》した。

ほろ酔いで酒場を出るころには、教会から晩課の鐘《かね》が鳴り響いていた。道で売り子から焼き菓子《がし》を買い、城に持ち帰る。

向かったのは公族用の小さな寝室《しんしつ》だ。扉《とびら》をノックすると「はあい」と鈴《すず》の音のような声が応え、アキトはゆっくりと戸を開いた。

「あっ！　アキト兄様！」

寝台《しんだい》に座っていた少女が、目を輝《かがや》かせて脚《あし》をパタパタと動かす。

「寝《ね》てなかったのか、ティシア」

「お星様を見てたの。あそこにお母様がいるって、侍女《じじょ》のリンジーが言ってたから」

腹違《はらちが》いの妹であるティシアは、にこにこと笑い、瞬《また》く星々を指差した。ティシアの母親はバラ病にかかり、二ヶ月ほど前に亡《な》くなっている。

アキトは手近な椅子《いす》に跨《また》がり、甘い匂《にお》いを漂《ただよ》わせる麻袋《あさぶくろ》をティシアへと手渡《てわた》した。

「わぁ……私、これ大好き！　食べてもいい？」

「ちゃんと歯を磨《みが》くならな」

何度も頷いたティシアは、嬉《うれ》しそうに焼き菓子を頬張る。

天使のように無垢《むく》な笑顔《えがお》。アキトは心が満たされていくのと同時に、母を亡くした彼女の今後に切なさを感じた。

「欲張って、喉《のど》に詰《つ》まらせんじゃねぇぞ」

意地悪な笑みで、口元についた焼き菓子のカスを取った。アキトがそれを食べると、ティシアはぷうと愛らしく頬を膨《ふく》らませる。

「そんなことしないもん！　ちゃんとアキト兄様にもあげようと思ってたのに～！」

悪かったって、と平謝りしながら、小さな手から焼き菓子を受け取る。

「ん、うまいな」

ティシアは嬉しそうに頬を緩《ゆる》めた。

「ねぇ、兄様。抱《だ》っこして」

小さく笑い、アキトは寝台に移動する。甘えるティシアを膝《ひざ》に乗せて、栗色《くりいろ》の髪《かみ》を撫《な》でた。

「具合はどうだ、ティシア。どこか苦しいところはねぇか？」

「うん、もう大丈夫《だいじょうぶ》。ほら、見て！」

ショートドレスに隠《かく》れていたティシアの太ももは、以前あった痣《あざ》がすっかり消えていた。アキトは深い安堵感《あんどかん》を覚える。

母親が亡くなってから、ティシアもバラ病を患い、ほんの数日前までは隔離棟《かくりとう》で療養《りょうよう》していた。

「薬のおかげで、あっという間に痣がなくなったの。本当にありがとう、兄様」

「俺は何もしてないさ。エアリスのお医者さんのおかげだ」

ティシアの体を引き寄せ、アキトは屈託《くったく》なく笑った。くすぐったそうに身をよじって、ティシアはアキトの服の袖《そで》を握《にぎ》る。

「ねぇ、アキト兄様。アルファの王子様にもありがとうって伝えてね。私、とっても感謝してるの」

靴《くつ》を舐めろと命じてきたあの傲慢《ごうまん》な顔が思い浮かぶ。

リークを好きにはなれないが、結果として未来のある尊い命が助かったのなら、愚劣《ぐれつ》な振る舞《ま》いも水に流すしかないだろう。

「そうだな。今度会ったら、言っておくよ」

アキトが笑って頷くと、満足したのか、ティシアは寝台に横になった。

「ティシアが寝るまでここにいて。お願い、アキト兄様」

アキトに縋《すが》る小さな手を握る。そのままシーツに入り込んで添《そ》い寝をしてやると、ティシアは嬉しそうにむぎゅっと抱きついてきた。

「兄様、子守唄《こもりうた》を歌って」

「なんだよ、ティシアは赤ちゃんに逆戻《ぎゃくもど》りか？」

そうやってからかいつつも、ちゃんと歌ってやった。


——今は眠《ねむ》れ。愛《いと》しい子よ。頭上に吹《ふ》き荒《あ》れる風も、頬を濡《ぬ》らす雨も、すべてを忘れて。私がそなたを抱き締《し》める。今は眠れ。愛しい子よ。


すうっとティシアがまぶたを閉じ、安らかな顔で眠りについた。

「おやすみ、ティシア。いい夢を」

アキトはティシアのおでこに口づけを落として、部屋を出た。

廊下《ろうか》を歩いていると、慌《あわ》てた様子の兄——第二公子であるカイに呼び止められる。つい数刻前まで勝手に城を抜《ぬ》け出していたアキトは、ついつい肩《かた》を竦《すく》めてしまった。

「アキト、どこにいたんだ！」

「ティシアのところだよ。それより、何かあったのか？」

「リンデーン王国のリーク・ヴァルテンが、妾候補《めかけ》を全員送り返してきた！」

「全員⁉　おいおい、あの冷酷《れいこく》王子は、どんだけ選《え》り好みすれば気が済むんだ」

アキトが国に着いてすぐ、リークは仰々《ぎょうぎょう》しい馬車を数台よこしてオメガを要求した。アキトの件があったせいか、妾候補をいっぺんに送れと無理難題を突《つ》きつけてきたのだ。二十人以上に及《およ》ぶ公族や貴族をリークの許《もと》へ泣く泣く送り出したにも拘《かか》わらず、全員が性交渉《せいこうしょう》すらせずに返されたらしい。リークはアキトたちが戻って半月たった今でも、誰《だれ》とも関係を結べずにいた。

「今度は直接城に来るとの伝達が届いている。どうやらもう出発しているらしい。到着《とうちゃく》は明日になりそうだ」

「げぇ……」

有無《うむ》を言わさぬ強引《ごういん》さは相変わらずだ。アキトがあからさまに不快な表情を見せると、この時ばかりはカイもアキトを窘《たしな》めることはなかった。

そもそも、今まで国交を持たなかったリンデーン王国との繋《つな》がりができるとあれば、エアリス公国にとっても悪い話ではない。しかし――。

「来てもどうしようもねぇんだけどなぁ……」

「本当に困ったものだな。もう我が国には差し出せるオメガがいない」

カイは戸惑《とまど》いを浮《う》かべ、何やら思案している。

「どっかで事故らねぇかな、あの王子の馬車」

「アキト！　まったく、お前は口を慎《つつし》め！」

「いや、だってさ……」

アキトはガシガシと頭をかき混ぜた。弱音を吐《は》いていてもしょうがない。とにかく、何事もなくあの冷酷王子がアルファの国に帰ってくれるよう尽力《じんりょく》するだけだ。

リークがエアリス公国に着いたのは、翌日の夕刻だった。大勢の従者を引き連れて来るのかと思われたが、実際に来たのはお付きの騎士《きし》二人だけだ。

アキトは誰よりも先にリークを迎《むか》えて、城の中へ招き入れた。石畳《いしだたみ》の廊下を歩きながら、晴れやかな笑顔で話しかける。

「リーク殿下《でんか》のおかげで、バラ病も終息に向かっております」

本当なら十発ぐらいは、ぶん殴《なぐ》ってやりたかった。けれどティシアのお願いもあり、アキトはリンデーン王国で受けた屈辱的《くつじょく》な出来事を胸にしまい、大人な態度でリークに接した。

「前置きはよい。すぐにオメガを差し出せ」

ある程度予想していた台詞《せりふ》だったが、不機嫌《ふきげん》な顔をしているリークに面食《めんく》らった。よくよく見てみれば、腹が立つほど美しい顔に、うっすらと隈《くま》ができている。もしかすると、ろくに寝ていないのかもしれない。

アキトは静かに足を止め、軽く咳払《せきばら》いをした。

「リーク殿下、二人きりでお話ししたいことがございます」

「何を、急に」

「他《ほか》の者に聞かれてもいいというなら、私はここでも構いませんが」

アキトが強い瞳《ひとみ》でまっすぐに見やると、リークは渋々《しぶしぶ》といった感じでアキトについてきた。

「いかがですか、初めてのエアリス公国は。今夜は晩餐《ばんさん》会を開く予定ですので、ごゆっくりなさってください」

「余にそのような時間はない」

苛立《いらだ》ちを露《あら》わにしたリークに、ぴしゃりと撥《は》ねのけられる。はいはい、そう言うと思ったよこのクソガキが。

ひとけのないバラの庭園で立ち止まり、アキトは話を切り出した。愛想《あいそ》笑いが通じない相手だと、とうの昔に知っている。

「リーク殿下。単刀直入に申しますが、我が国には出産に適した妙齢《みょうれい》のオメガはもうおりません」

案の定、男の目に驚《おどろ》きが走ったが、アキトはありのままに話を続けた。

「残るのはすでに結婚《けっこん》している者や高齢者《こうれいしゃ》、まだ発情していない幼い子どものみです」

「なんだと……」

海の匂《にお》いのする冷たい風が、二人の間をすり抜けていった。晴れていた空に、ぶ厚い雲が広がってゆく。リークは啞然《あぜん》として口をきく気力もないらしい。美しい瞳をきつく閉じると、テラスに設置された長椅子《ながいす》に腰《こし》を落とした。

しばしの沈黙《ちんもく》が訪《おとず》れる。さすがのリークも落ち込んでいるようだ。その沈痛《ちんつう》な面《おも》持ちに、こちらまで胸が痛くなるような錯覚《さっかく》を覚える。

何か声をかけようとしてアキトが口を開いた、その時だ。

「――リンデーンのリーク王子、二十人以上も試《ため》したのに全然勃《た》たなかったらしいわよ」

鳥かごのような鉄格子《てつごうし》が嵌《は》められた井戸《いど》の向こう側から、侍女《じじょ》たちの噂話《うわさばなし》が聞こえた。どうやらあちらからは陰《かげ》になっていて、ここに本人がいるとは夢にも思っていないようだ。これ以上厄介《やっかい》ごとを増やしてくれるな、そんなアキトの願いなど届くわけもなく、女たちは会話を続ける。

「オメガの発情香《はつじょうこう》にもまったく反応しなかったって」

「アルファは立派なあれを持ってるって聞いたけど、それじゃあねぇ」

「アキト様を侮辱《ぶじょく》した罰《ばつ》よ、きっと！」

アキトが受けた行いを彼女たちに話した覚えはないが、どこかで噂を聞いたようだ。くすくすと女たちが笑う声は、確実にリークにも聞こえている。一瞬《いっしゅん》、現実逃避《とうひ》しそうになる己《おのれ》を叱《しか》り、アキトは一人庭の奥へと足を進めた。

「おい、言葉を慎め！」

「ア、アキト様！」

侍女たちは真っ青な顔をしてアキトを見やり、カタカタと震《ふる》えながら謝罪を述べる。

「……も、申し訳ございません」

「もういい。行くんだ」

怯《おび》える華奢《きゃしゃ》な体に、感情を極限まで抑《おさ》えた声を落とす。

足早に去ってゆく侍女たちの背中を見送り、アキトは先ほどよりも大きな息を吐いた。事態がこれ以上悪くならぬよう祈《いの》りながら、リークの許へ戻る。

「お耳汚《よご》しを。大変失礼致《いた》しました」

深く頭を下げたアキトに、リークは素っ気なく言った。

「面《おもて》を上げろ」

ゆっくりと顔を上げれば、射るような男のまなざしがアキトに突き刺《さ》さる。

「躾《しつけ》のなっていない使用人どもだな」

リークの漆黒《しっこく》の瞳は、雲の隙間《すきま》から覗《のぞ》く夕日の赤をまとい、ぞくぞくする色気を発していた。その目に見つめられたら、どんなオメガであっても正気を保ってはいられないはずだ。

アキトは勝手に上気する頬《ほお》を鬱陶《うっとう》しいと思いつつ、胸の中のざわめきを悟《さと》られぬよう冷静に言葉を紡《つむ》いだ。

「責任は私がとりますゆえ、どうかお許しを」

「貴様がいったいどう責任をとるつもりだ」

「何なりと。またリーク殿下の靴《くつ》でもお舐《な》め致しましょうか？」

試すように笑《え》みを浮かべる。リークはふんと鼻を鳴らした。

「貴様も、さぞかし余を愚《おろ》か者だと嘲笑《あざわら》っているのだろうな」

「まさか！　リーク殿下のご厚意《こうい》で、我々オメガは命を繋げることができました。心から感謝しております」

「こざかしい演技はやめろ。虫酸《むしず》が走る」

こっちが下手に出ていれば、なんて野郎《やろう》だ。アキトは男の隣《となり》に乱暴な仕草で腰を下ろした。

「ところで、殿下、いったいどうして勃起《ぼっき》不全に？」

足と腕《うで》を組みながらアキトが問う。以前のように怒鳴《どな》られるかと思いきや、リークは意外にも素直《すなお》に言葉を発した。

「機能的には問題ない。医師からは原因不明で、おそらく精神的なものだろうと言われている」

「精神的……それはまた」

リンデーンの王位継承《けいしょう》は、長子相続制ではなく、国王が息子の中から次期王を指名する。

数々の戦争を勝ち抜《ぬ》き、獅子《しし》と恐《おそ》れられたザラン国王は今、病に臥《ふ》せっているらしい。次期国王候補とされているリークに、世継《よつ》ぎを望む者たちから並々ならぬ圧力がかかっているのは、想像に難《かた》くない。

エアリス公国の大公は長男が選ばれるし、アキトとしても現状になんら不満はない。自由なアキトとは桁違《けたちが》いの重責を背負うリークに少しだけ同情をした。

「アルファであるのに勃たぬとは、とんだ笑い者だ」

うつむくリークの長い黒髪《くろかみ》が、風に揺《ゆ》れている。

「国のためを思い、数々の試練に耐《た》えてきた。まさかこのようなことで躓《つまず》くとはな……。これでは民《たみ》に顔向けできぬ」

意外な言葉だった。「アルファの王子」の立場にあぐらをかいて、ただ傲慢《ごうまん》に生きているだけの男だと思っていた。けれど、祖国を思う気持ちはアキトと一緒《いっしょ》だ。

「己のふがいなさに吐《は》き気がする。余は、いったいなんのためにアルファとして生まれたのか」

リークの瞳がいびつに歪《ゆが》む。その痛々しいまでの強い責任感に、同じ志を持つ者として心を揺さぶられた。

「オメガの貴様に言っても、余の苦悩《くのう》はわからぬだろうがな」

わかるさ、俺にだってわかる。

リークは自嘲《じちょう》気味に笑い片手で顔を覆《おお》うと、それきり動かなくなった。男の心を代弁するように、ぽつんと雨が滴《したた》り落ちる。静かに降り始めた銀色の糸を見上げた。この空の色だと、しばらくは止《や》まないだろう。

「雨が降って参りました。どうぞ中へ」

リークは微動《びどう》だにしない。アキトは服に雨が染《し》み込み、重さが増すのを気鬱《きうつ》に思った。

「リーク殿下、お風邪《かぜ》を召《め》されます」

アキトが何を言おうと、男は押し黙《だま》ったままだ。最初は同情していたアキトだったが、延々とふさぎ込むリークに、どうしようもなく腹が立ってきた。

強靭《きょうじん》な体に、高い知性。いつの時代も圧倒《あっとう》的な力を見せつけ民を率いてきたアルファには、誰《だれ》しもが少なからず憧《あこが》れを抱《いだ》いている。アキトだって口には出さずとも、本音を言えばそうだ。

だが、今のリークの姿はいったいなんだ。誰よりも強いアルファの王子ではなかったのか。

小さく舌打ちをして、水が滴る髪をかき混ぜる。自分でも何に憤《いきどお》っているのかわからない。けれど、とにかくこれ以上この男の弱々しい姿を、黙って見てはいられなかった。

「リンデーン王国第三王子、リーク・ヴァルテン！」

アキトが声を荒《あら》らげると、リークはゆっくりと顔を上げた。濡《ぬ》れた瞳《ひとみ》は泣いていたせいか、

雨のせいか、アキトには判断がつかない。

「しっかりなさってください！　貴方《あなた》はアルファの王子だ！　国のためとおっしゃるなら、そこら中で勃起して種馬になる以外にも、やるべき仕事はいくらでもあるでしょう！」

リークは一瞬、大きく目を見開いた後、くっくっと腹の底が引きつったような独り笑いを漏《も》らした。

「悪魔《あくま》にしては、まともなことを言うではないか」

「あ、悪魔ぁ？」

「オメガはアルファを誘惑《ゆうわく》し、食い尽《つ》くす悪魔だ。リンデーン王国では昔からそう言い伝えられている」

平然と本人の前で言い放つから、呆《あき》れ返ってしまった。

「私が悪魔ならば、その悪魔との子を所望《しょもう》した貴方は、魔王といったところでしょうね」

決して臆《おく》さないアキトに、リークはまるで古くからの知り合いに話しかけるような気安さで質問する。

「貴様は、今まで発情しなかったことで、理不尽《りふじん》な扱《あつか》いを受けなかったのか？」

「貴方がそれを聞きますか……」

こいつやっぱり二十発ぐらいぶん殴《なぐ》ってやろうか。

「ご心配には及《およ》びません。エアリス公国の人間は誰しもが、理解してくれています。それに、面《つら》の皮が厚いのだけが取り柄《え》ですので。たとえ誰に何を噂《うわさ》されようと、貶《けな》されようと、馬車馬のように国に尽くすだけです」

だから、さっさとそっちも情けない面をなんとかして、立ち直りやがれ。

アキトは長椅子《ながいす》から腰《こし》を上げた。そろそろ戻《もど》らなければ、お付きの騎士《きし》たちも心配するだろう。

「参りましょう、リーク殿下《でんか》。すぐに湯浴《ゆあ》みの準備をさせますので――」

急に立ち上がったリークに腕を掴《つか》まれ、アキトは「あっ？」と驚《おどろ》きの声を漏らした。ぎょっとして振《ふ》り返れば、男はふてぶてしくも美しい薄笑《うすわら》いを頬に浮《う》かべている。

「な、なんですか……この手は」

掴まれた手首からリークの熱がじわじわと浸食《しんしょく》してきて、アキトは肌《はだ》を粟立《あわだ》たせた。手を振り払《はら》おうとしても、ビクともしない。

「オメガの公子よ。今後は余のために馬車馬となれ」

アキトはぽかんと口を開けた。リークの顔には先ほどまでの悲愴《ひそう》感はない。むしろ生き生きしているような……？　とんでもなく嫌《いや》な予感を抱きつつ、「なんですって？」と聞き返した。

「もう一度、余の国へ来い。貴様は誠《まこと》に面白《おもしろ》い」

「リーク殿下。面白いと言われましても……私はおもちゃではありません。ご要望には添《そ》いかねます」

「余の申し出を断ると？」

当たり前だ。このとんちんかんなアルファは、何を考えているのだ。

「ではフィラネの花の対価として、金貨一千万枚を用意してもらう」

「いっ、一千万枚？　そんな大金っ……！」

小さなエアリス公国が、到底《とうてい》払える金額ではない。

「オメガを差し出せぬというならば、当然の要求であろう」

至極《しごく》まっとうだと言わんばかりの尊大な態度で、リークが見下ろしてきた。ここで引いたら負けを認めたようなものだ。アキトは絶対に瞳を逸《そ》らさないと決めて、リークを睨《にら》みつけた。

「金貨か、それとも貴様ひとりがリンデーンへ来てことを収めるのか。ふたつにひとつだ」

たっぷりと見つめ合ってから、アキトは深い息を吐き出した。いい加減、我慢《がまん》の限界だ。

「……大人しくしてりゃ、いい気になりやがって」

仮面を取っ払ってアキトが悪態をつくと、リークは訝《いぶか》しげに片方の眉《まゆ》を上げる。

この男にがつんと言ってやらなければ、どうにもこうにも怒《いか》りが収まらない。ごめんな、とアキトは可愛《かわい》い妹に心でひとりごちる。

「フィラネの花の件は確かに感謝してるよ。だけどなぁ！　一度、派手に断っておいて、そんなわがままが通るかよ、クソガキが！　言っとくけど、俺がこの前のことを根に持ってるんだと思ったら大間違いだぞ！　お前のあほみてぇな言葉でどれだけエアリスの人間が労力を使って、さらに金が無駄《むだ》になったか、わかってんのかよ！　それでなくても、こっちはオメガの奇《き》病被害《びょうひがい》で混乱が広がってんだ……これ以上、この国を無意味にかき乱すな、このクソアルファ！」

とうとう言ってやった。アキトは肩《かた》で息をする。リークはなぜか口の端《はし》を上げて笑った。

「ようやく本性《ほんしょう》を出したか」

「ああ、そうだよ。俺の本性はこっちだ。わかったら、さっさと国に帰って――」

「否《いな》」

取り付く島もなく否定されて、アキトは閉口した。

「貴様が気に入った。是《ぜ》が非でも手に入れたい」

はっきりと鼓膜《こまく》を揺らす台詞《せりふ》は、無邪気《むじゃき》な子どもがだだを捏《こ》ねる時と同様だ。

「勃《た》たぬアルファに、発情しないオメガ。それが夫婦《めおと》となるとは、実に面白いではないか」

「め、夫婦だって？」

「余の妻になれ」

とんでもない開き直りだった。あまりに呆れて声も出ないでいると、リークがアキトの頬《ほお》へ触《ふ》れる。

「共にリンデーンへ来い、アキト」

アキトはリークの手を振り払って、鋭《するど》い眼光を向けた。

「ふざけんな！　とにかく俺は、お前と結婚《けっこん》するつもりはな――！」

強引《ごういん》に口づけで塞《ふさ》がれる。抗《あらが》うなと言わんばかりに、体を強く抱《だ》き寄せられた。

雨の匂《にお》いとアルファの香《かお》りが鼻をつく。当たり前のように絡《から》みつくリークの舌を、いっそ噛《か》み切ってやりたいのに、頭がクラクラして、アキトはただただ受け入れてしまう。

「……んっ！　んぅ……」

散々リークの舌で口の中を犯《おか》されてから、ようやく解放された。垂れた唾液《だえき》を真っ赤な顔で拭《ぬぐ》う。

「か、勝手に何してんだ、お前！」

「貴様はこれから余のものになるのだ。喜べ、正妻だぞ」

誰が喜ぶっつうんだ。あまりにも話の通じない相手に、アキトは打ちひしがれた。自分の言葉はちゃんとリークに伝わっているのだろうか。

辟易《へきえき》するアキトをものともせず、リークは冷笑《れいしょう》を浮かべている。

「明日、貴様と共にここを発《た》つ。準備をしておけ」

雨はどんどん勢いを増してゆく。ひどい頭痛がする。これは夢か……いや悪夢に違《ちが》いない。

2　新婚《しんこん》生活

「一度、離縁《りえん》した相手をまた呼び戻すなんて、聞いたことがねぇわ！　そうだろ、アルファの王子様よぉ！　リンデーンに行って何を言われるのかと思うと、楽しみで楽しみで仕方がねぇなぁ！」

腹が立つほど乗り心地《ごこち》のいい馬車の中で、アキトは次から次へと皮肉を漏らした。

目にも留まらぬ速さで、馬車はエアリス公国から遠ざかってゆく。リークが乗ってきたそれは、エアリス公国の馬車とは馬の数からして違っていた。毛皮が敷《し》き詰《つ》められた席に行儀《ぎょうぎ》悪く立て膝《ひざ》をして座っていると、斜《なな》め前にいるレガルがアキトを窘《たしな》める。

「アキト様、……いくらなんでもお言葉がすぎるかと」

言葉がすぎる？　足りないくらいだとアキトは思う。最初から拒否権《きょひ》はあってないようなものだった。けれど、この男から逃《に》げ出すのも、借りを作ったままでいるのも癪《しゃく》に障《さわ》る。

「申し訳ございません、リーク様」

「おい、レガル。謝るんじゃねぇよ」

気をもむようなレガルの視線がこちらを捉《とら》えたが、アキトは知らないフリをした。

「構わぬ。今さら猫《ねこ》を被《かぶ》られても不快なだけだ。帰ってから、そく婚礼の儀《ぎ》を行う。大臣たちの前ではせいぜい美しい妃《きさき》を演じろ。わかったな、アキト」

歯牙《しが》にもかけないリークの態度に、アキトはまたどうしようもなく腹が立って声を荒《あら》らげた。

「なぁにが、婚礼の儀だ！　美しい妃だ！　このクソアルファが！」

「アキト様！　リーク様にそのようなお言葉はおやめください！」

「ああ、悪かったよ。訂正《ていせい》する。……リーク殿下はウンコみたいでいらっしゃる！」

「いい加減になさってください！」

青筋を立てるレガルに舌を出して応《こた》える。肝心《かんじん》のリークは無関心なそぶりで、窓の外へ目を向けてしまった。もう少し可愛げのある反応はできないものか。

「……本当に先が思いやられます」

レガルは眉間《みけん》に指先を当てて揉《も》んでいる。こうなった以上、リークの妃になるしかないが、横暴で冷酷《れいこく》な男に、少しくらい反抗《はんこう》したっていいではないか。

「レガル、今からお前だけでも国に帰れよ」

オメガの自分といたら、リンデーン王国でどんな目に遭《あ》うかわからない。神経の図太い自分はいい。兄たちの心配も振《ふ》り切って、リンデーン王国へ再度行くと決めた。

しかし、レガルにまで茨《いばら》の道を歩ませるのは、本意ではない。

「心配はご無用です。私は今度こそ、貴方《あなた》様に最後までお仕え致《いた》します」

真剣《しんけん》なレガルの目には迷いがなかった。おそらくアキトがどんなに宥《なだ》めすかそうと、その決心を変えないだろう。レガルを祖国へ帰してやりたい気持ちはあるが、本音を言えばアキトは嬉《うれ》しかった。

若干《じゃっかん》の罪悪感に苛《さいな》まれながら、ふとリークの美しい顔を見る。恐《おそ》ろしいまでに洗練された横顔から、真意は汲《く》み取れなかった。

馬車に揺《ゆ》られること数日。リンデーン王国に着いたのは夜中で、その日は用意された寝室《しんしつ》で眠《ねむ》りについた。

アキトが起きたのは、次の日の正午すぎだ。旅疲《たびづか》れのせいか、ずいぶんと眠ってしまった。あてがわれた部屋にある浴室で、勝手に湯浴《ゆあ》みを済ませる。以前とは違い、一人でゆっくりと風呂《ふろ》に入ることができて、幾分《いくぶん》ほっとした。浴室から出ると、誰《だれ》かが扉《とびら》を叩《たた》く。

「アキト様、レガルです。開けてもよろしいですか」

許可を出すと、部屋に入ってきたレガルが、まずい料理でも食わされたような顔をして立っていた。

「なんだよ、その顔は」

濡《ぬ》れた体を拭《ふ》きながらアキトが言う。レガルは「こちらを」と抱《かか》えていたものを差し出した。

青色の物体を受け取ったアキトは、何気なく広げてぎょっとする。

何度、目を瞬《またた》いてみても女物のドレスだった。輝《かがや》くコバルトブルーのサテン生地《きじ》。襟《えり》ぐりは大きく開いており、繊細《せんさい》なフリルがふんだんに使われている。胸元《むなもと》から足元にある黄金の刺繍《ししゅう》は見事としか言いようがない。

「どうしたんだよ、これ」

「先ほど、使いの者から預かりました。アキト様にそれを着てほしいそうです」

確か今日の午後には礼拝堂で、お披露目《ひろめ》をかねて婚礼の儀が催《もよお》されるはずだった。

「これを俺に着ろってか？　おい、嘘《うそ》だろ。まさか、あの冷酷王子の仕業《しわざ》じゃねぇだろうな」

「いえ、大臣たちからの強い要望だそうです。妃には妃の格好を、と。まさにオメガ嫌《ぎら》いなリンデーンならではの歓迎《かんげい》にございますね」

「あっそう……ありがたくて涙《なみだ》が出てきたわ」

アキトの決意を試《ため》すかのように、レガルがにっこりと笑う。

「逃げ出しますか、アキト様」

「誰が逃げるか！　たかがドレスだろ、着こなしてやるよ」

今度こそリンデーン王国で妃となり、いずれオメガ嫌いで曲がりきったアルファたちの根性《こんじょう》を叩き直してやる。心の中で啖呵《たんか》を切った後、アキトはそろそろとレガルを見つめた。

「レガル……お前、このドレスの着方わかる？」

「まさか！」

大きく首を横に振ったレガルに、「だよなぁ」とアキトは深い深いため息を吐《は》き出した。

「とりあえず、行くぞ」

「どこへ行かれるのですか」

「俺だって知るか！」

ドレスをレガルに持たせ、アキトはきょろきょろと辺りを見回し始めた。

まずは、扉の近くで見張りをしていた衛兵に、ドレスの着方を聞いてみた。が、なんの役にも立たなかった。

その後も、見張りの衛兵たちに尋《たず》ねまわったが、彼らはアキトを見ると顔を強張《こわば》らせ、鼻を押さえる仕草をする。オメガに対する偏見《へんけん》が透《す》けて見えて、すこぶる気分が悪い。

アキトは広大な宮殿《きゅうでん》を散々さまよったあげく、忙《せわ》しなく仕事に勤《いそ》しんでいる侍女《じじょ》たちを廊下《ろうか》で見つけた。

「君たち、待ってくれ！」

一礼して去ろうとした彼女たちを、急いで呼び止める。

「ア、アキト様。お呼びでしょうか……」

恐る恐る顔を上げた侍女たちに、アキトは屈託《くったく》なく笑った。

「天の助けだ。君たちに頼《たの》みごとがある」

アキトと目が合うと、女たちは次々に頬《ほお》を赤く染める。それから仲間同士で顔を見合わせ、いったい何事かと動揺《どうよう》している様子だった。アキトはすうっと息を吸い、よく通る声で言った。

「このアキト・アーレンスを、大臣がひっくり返るような美人に仕上げてほしい！」

胸を張って宣言したアキトを見つめ、女たちは不思議そうに何度も目を瞬かせていた。


妃専用の更衣室《こうい》に連れて行かれたアキトは、さっそく身ぐるみ剝《は》がれた。

アキトが声をかけた侍女たちは、自分たちの手には負えないと思ったのか、専門の衣装係《いしょう》とメイドをすぐに手配してくれた。役目は終わったはずだが、アキトの行く末が気になるらしく、てきぱきと準備をしていく衣装係の隙間《すきま》から、心配そうに見守っている。

「なんとお美しい……こんなに艶《つや》やかで、張りのある肌《はだ》は初めてです！　感動致しました！」

衣装係が、潤《うる》んだ瞳《ひとみ》でアキトを見上げた。

「そ、そうか？　き、気のせいじゃないか？　傷もあるし、男だし」

「いいえ、気のせいなどではございません！　この小麦色の肌、匂《にお》い立つ色気！　美しいお顔に、均整のとれたお体！　ああ、なんて素晴《すば》らしいんでしょう！」

思っていた反応といささか違《ちが》う。熱弁を振るう衣装係の女にたじたじになって、アキトはレガルに視線をやった。一瞬《いっしゅん》、目が合ったものの、流れるようにそっぽを向かれる。薄情《はくじょう》な従者め。

「失礼ながら、リーク殿下《でんか》がお妃様にオメガを選ばれたとわかった時は、使用人一同、誰もが動揺していたのです。ですが、アキト様は、話に聞いていたオメガとは違っておりました。とてもお綺麗《きれい》で、気さくに話しかけてくださって、……それにとってもいい匂いが致します」

どんな話を誰から聞かされていたのか、問い詰《つ》めるつもりはない。それよりぽうっと恍惚《こうこつ》の表情を浮《う》かべられると、さすがのアキトも所在がなくなる。

「俺よりも、君たちのほうがいい匂いがすると思うんだが」

「まぁ、アキト様ったらご謙遜《けんそん》を」

大真面目《おおまじめ》に言ったのに、くすくすとあしらわれた。ははは、と乾《かわ》いた笑いをこぼす。そうしているうちに硬《かた》い素材でできたものを剥《む》き出しの胴体《どうたい》にあてがわれて、アキトは思わず息を止めた。

「こ、これはいったい？」

「コルセットですわ、アキト様。鯨《くじら》のひげを使用しておりまして、とても丈夫《じょうぶ》なんです」

衣装係の女たちによると、腰《こし》を細く見せるための補整下着らしい。後ろからぎゅうぎゅうと紐《ひも》を引っ張られて、アキトはまるで踏《ふ》んづけられたガマガエルのような声を漏《も》らす。

「ぐうっ！　女性というのはすごいな……こんな苦労をしていたとは」

「アキト様、まだまだ序の口でございます」

すぐ隣《となり》からも声が聞こえる。コルセットの紐をさらに縛《しば》り上げられ、アキトは目を丸くした。

「んなっ、いや、無理だ！　……も、もうこれ以上は！」

「大臣がひっくり返るような美人になるとおっしゃったではないですか！　どうかあと少しだけ我慢《がまん》なさってください！」

「そうです、アキト様！　もう少しですから！」

侍女たちが次々と声を上げる。アキトは真剣な彼女たちの期待に応《こた》えるべく、ヤケクソになって言い放った。

「よし、わかった！　君たちを信頼《しんらい》する！　好きなだけやってくれ！」

侍女たちは感心したように、手を叩いて笑い合う。

「これが終わりましたら、お化粧《けしょう》も致《いた》しましょうね、アキト様」

「綺麗なお顔をなさっているから、口紅もきっと映《は》えますよ」

「ああ、こんなに楽しいのはいつぶりかしら！」

顔を輝かせて張り切る彼女たちの姿に、思わず苦笑《くしょう》が漏れる。アキトは「で、できれば、やっぱりほどほどに頼む」と情けなく懇願《こんがん》したのだった。

最後の工程が終わると、衣装係は満足げに頷《うなず》いた。ご丁寧《ていねい》に腰まで伸《の》びた金色のかつらまでつけられてしまったから、頭を動かすのにも神経を使う。

「とてもお美しゅうございます、アキト様」

「本当に助かった。ありがとう、リンデーンの花たちよ」

衣装係たちに手を振《ふ》って、扉を開けた。先ほど仏頂面《ぶっちょうづら》をしていた衛兵たちが、口をあんぐりと開ける。

「どうだ？　似合うか？」

にっこりと微笑《ほほえ》んで聞くと、瞬く間に衛兵たちの顔が赤く染まる。

「そうかそうか、美しくて声も出ないか！」

「……アキト様、お時間が」

「ああ、そうだったな」

もうすぐ婚礼の儀が始まる予定だ。アキトはドレスの裾《すそ》を踏まぬよう慎重《しんちょう》に廊下を歩き、ふと思い立ってレガルを振り返った。

「今さらだが、レガル。ほんとに大丈夫か、この姿」

「とてもお美しいです、アキト様。永久の美を閉じ込めたかのようなお姿。まさにまばゆい太陽のような存在であり、エアリス公国の宝にございます」

「おい、そこまで褒《ほ》められると嘘《うそ》くせーわ。本音を言え」

レガルは少しも表情を変えずに、淡々《たんたん》と答える。

「思ったよりはまともでした。黙《だま》っていれば、そこそこの美人かと」

「上出来だ。よし、行くぞレガル」

青いドレスの裾を靡《なび》かせ、アキトは目的の場所を目指した。

途中《とちゅう》、鏡の間を通る際、自分の姿を確認《かくにん》して、驚《おどろ》きで声が出せなかった。本当に自分かと疑うくらい女性になりきっている。

誇《ほこ》り高きエアリス公国の公子が何をしているのかと、一瞬気が遠くなったが、今さら逃《に》げるわけにもいかない。

控《ひか》えの部屋にたどり着くと、すでにリークが正装をして待ち構えていた。

立派な大紋章《だいもんしょう》が施《ほどこ》された外套《がいとう》に身を包んだリークは、こちらが気後《きおく》れするくらいの優美さを醸《かも》し出している。悔《くや》しいことに少しだけ見とれてしまい、アキトはごほんと咳払《せきばら》いをして歩き出す。

「お待たせ致しました。リーク殿下」

リークの前に立ってにっこりと笑えば、男は狐《きつね》につままれたような顔で動きを止めた。

「いかがですか、殿下。このドレスは」

「……いったい誰《だれ》から贈《おく》られたものだ」

「誰から？　ああ、大臣が用意してくださったと伺《うかが》いましたが」

眉《まゆ》を顰《ひそ》めたリークは、無言のまま顔を背《そむ》けて他の者のところへ行ってしまった。仮にも妃《きさき》がおめかしをしたのだから、少しくらい……いいや、盛大《せいだい》に褒めてくれてもいいだろう。何時間もかけてドレスを着たアキトとしては、全然納得《なっとく》がいかない。

「なんなんだよ、あの態度」

すぐそばにいたレガルに、小声で悪態をついた。レガルは同じように声を潜《ひそ》め、アキトの耳元で囁《ささや》く。

「おそらく、アキト様の美しさに驚かれたのでは？」

「レガル……お前、嫌味《いやみ》もたいがいにしろよ」

「あながち間違ってもいないかと。私はアキト様のお姿を見慣れておりますが、リーク様にとってオメガの美しさは毒でしょうから」

アキトはにわかには信じがたく、首を捻《ひね》った。

それから何度も式典の流れを確認させられた後、大きな部屋に案内された。どうやら代々伝わる儀式《ぎしき》らしく、婚礼《こんれい》の儀が始まるまで夫婦《ふうふ》となる新郎《しんろう》新婦は、二人きりでおごそかに時を待つようだ。

絨毯《じゅうたん》やカーテン、ソファ、それに贅《ぜい》を尽《つ》くして造られた寝台《しんだい》にいたるまで、青色で調《ととの》えられている。まるで故郷から見えるサリドア海のように、大層美しい部屋だった。

「では、お時間になりましたら、お呼び致します」

「ああ、わかった」

リークは小さく息を吐《は》くと、ソファに体を沈《しず》めた。

アキトはレガルたちがいなくなったのを確認してから、ずっと無言を貫《つらぬ》いているリークに詰め寄る。

「おいリーク、お前のためにドレスを着てやったんだから、ちょっとは褒めろよ」

裾を踏まないか気が気でないし、コルセットもきつい。少し喋《しゃべ》るだけでもひと苦労だ。

「うるさい。耳元でぎゃあぎゃあ騒《さわ》ぐな」

「お前なぁ……」

機嫌《きげん》の悪い男を恨《うら》めしい気持ちで睨《にら》みつける。そんなにも似合っていないだろうか。

やはり男がドレスを着ること自体、間違《まちが》っていたのだ。そう感じた途端《とたん》、今の自分の姿が急に気恥《きは》ずかしくなって、アキトは衝動《しょうどう》的にかつらを引きはがした。

リークが驚いたように目を見開く。

「何をしている」

「やっぱ、似合ってねぇから、他《ほか》の服着るわ。探しゃあ何かしらあんだろ」

部屋から出て行こうとしたアキトを、リークの右手が引き留めた。手首を摑《つか》まれたアキトは、目を丸くする。

「な、なんだよ」

「行くな」

「ちゃんと式には間に合うようにするっつの」

「脱《ぬ》ぐ必要はない」

そう告げられても、一度芽生えた恥ずかしさは拭《ぬぐ》えない。

「いいから放《はな》せよ。妃がみっともない格好してたら、お前にも迷惑《めいわく》をかけるだろ！」

「誰もみっともないとは、言っておらんだろう！」

「はぁ!?　……ていうか、なんでお前が怒《おこ》ってんだよ」

アキトが困惑《こんわく》の色を浮《う》かべていると、リークはアキトの手首をますます強く握《にぎ》り締《し》める。

「……貴様が悪いのだ」

「なんだと、こら」

悪いことなどこれっぽっちもしていない。憤《いきどお》るアキトを放そうとはせず、リークはあからさまに非難めいたまなざしを投げてきた。

「他の者に贈られたドレスを着て、へらへら笑いおって」

「へらへらって……え？　お前、何言ってんの？」

「衣装《いしょう》は、似合っている。……だが、貴様は余の花嫁《はなよめ》だ。今後は余が与《あた》えたものだけを着ろ」

思いがけない台詞《せりふ》が鼓膜《こまく》を揺《ゆ》らす。いわゆる独占欲《どくせんよく》という奴《やつ》だろうか。まさか不機嫌の原因が、そんな理由だったとは。

「……ふっ、ははは！」

リークの幼い言動に、アキトは腹を抱《かか》えて大笑いした。

苦虫を噛《か》み潰《つぶ》したような顔をする男の肩《かた》を、「いやぁ、悪い悪い」と軽く叩《たた》く。

どんなに普段《ふだん》大人ぶっていても、まだ十九歳の青年なのだ。アキトは大いに親近感を抱《いだ》きながら、かつらを被り直した。

苦労した。

「あー、笑った笑った。お前からの贈りものを楽しみにしてるよ。せいぜい趣味《しゅみ》のいいものを贈ってくれ、旦那様《だんなさま》」

リークはわかりやすくむっとした顔をする。アキトは込み上げる笑いを我慢《がまん》するのに、大変苦労した。

大勢の参列者が見守る中、二人は鮮《あざ》やかな青色の絨毯の上を歩いた。大司教が祭壇《さいだん》にたどり着いたリークとアキトに祝福を与える。夫婦となる儀式は、今のところつつがなく執《と》り行われていた。

式には現王が出席するはずだったが、病状があまり思わしくなく、大事をとって安静にするとのことだった。

多くの隣国《りんごく》や従属国の王族たちが、二人の婚姻《こんいん》を祝うためにリンデーン王国へ来ていた。が、エアリス公国の人間は誰一人としていない。その事実は、国交がないエアリス公国とリンデーン王国の溝《みぞ》を如実《にょじつ》に表していた。

――きっと今頃《いまごろ》、兄弟たちも祝ってくれてるさ。

じんわりと広がる寂《さび》しさを堪《こら》え、アキトは胸のうちでつぶやく。

大司教の祈《いの》りは延々と続いていた。緊張《きんちょう》しながら礼拝堂の神聖な雰囲気《ふんいき》を感じていると、今度こそこの男と結婚するのだと改めて意識する。

「汝《なんじ》、病《や》める時も、健《すこ》やかなる時も、死が二人を別《わか》つまで愛し、いかなる時も共に歩むことをアルファの神に誓《ちか》いますか？」

大司教がリークに問いかける。リークはさらりとした顔で「誓う」と流れるように答えた。まったく、リークには緊張という言葉はないのか。次は自分の番だと思うと、アキトの心臓は頼《たの》みもしないのにバクバクと鳴るのだった。

「汝、病める時も、健やかなる時も、死が二人を別つまで愛し、いかなる時も共に歩むことをアルファの神に誓いますか？」

声を出そうとして、喉《のど》が詰《つ》まった。冷や汗《あせ》が背中に流れ、アキトは唾《つば》を飲み込む。これをつぶやけば、本当にリークの妻になるのだ。

「……ち、誓います」

ようやく言葉が出ると、二人を祝福するパイプオルガンの演奏が礼拝堂に響《ひび》き渡《わた》った。

「それでは誓いの口づけを」

大司教が告げる。アキトは高鳴る心臓を宥《なだ》めるように、すうっとまぶたを閉じた。

何百人もの人間に見守られながら口づけを交《か》わすなんて、冗談《じょうだん》じゃないと思ったが、どうやらリンデーンでは、実際に唇《くちびる》を重ねないのが習わしらしい。

「頬《ほお》に軽く触《ふ》れるだけだ。すぐに終わるから、我慢しろ」

式の前、そうやってリークにまんまと言いくるめられ、アキトは渋々了承《しぶしぶりょうしょう》したのだった。

アキトの顔にかけられている青色のベールが、リークによって上げられる。

「アキト」

小さく名前を呼ばれて、アキトはおもむろに目を開いた。リークの瞳《ひとみ》がすぐそこにある。唇の触れ合いそうな距離《きょり》で、長い時間見つめられて、ひどく動揺《どうよう》した。

何してんだ、さっさと頬に口づけろ。

互《たが》いの息遣《いきづか》いを感じつつ、アキトが目線だけでリークを急《せ》かすと、邪悪《じゃあく》な笑《え》みを浮かべた男に強く腰《こし》を引き寄せられた。

「な、んっ」

なんで、と問う暇《ひま》もない。驚《おどろ》いて口が開いたと同時に、熱っぽい舌先が口の中に侵入《しんにゅう》する。うまく呼吸ができなくて、喘《あえ》ぎ声のような甘ったるい音が鼻から抜《ぬ》けた。

「ふっ……んンっ……!」

教会の鐘《かね》が遠くで鳴っている。盛大《せいだい》な拍手《はくしゅ》とざわめきが双方《そうほう》から聞こえ、アキトは顔を真っ赤にして男の胸を押し続けた。

けれど、一向に抱《だ》き締められている腕《うで》は弱まらないし、唇も離れていかない。

そのうち抗《あらが》うこともできなくなって、腰から力が抜けていく。リークに体を支えられているのが悔《くや》しいが、アルファの匂《にお》いにめまいがして一歩も動けない。

飢《う》えた獣《けもの》のようなリークに、結局、ずいぶんと長い時間唇を貪《むさぼ》られてしまった。

「……おい、リーク！　お前、ほっぺにちゅっとするだけだって、言ってただろうが！」

式が終わり、祝賀会の会場へと向かう途中《とちゅう》、アキトは平然と前を行く男に声をかけた。

自分たちの前にも後ろにも、護衛の騎士《きし》が待機しており、あまり大きな声を出せない。慣れないドレス姿でリークの隣《となり》を懸命《けんめい》に歩くアキトは、新郎のことを追いかける健気《けなげ》な新婦にでも見えているのだろうか。なんて馬鹿《ばか》らしい。

振《ふ》り返ったリークの顔には、溢《あふ》れんばかりの笑みが浮かんでいた。この男がこんなに嬉《うれ》しそうにするのを初めて見た。

「余からの最初の贈《おく》りものだ」

贈りものだと？　違う、これは明らかにアキトが笑ったことへの仕返しだ。

「喜んでもらえたか、我が妃《きさき》よ」

あんなに熱烈《ねつれつ》な口づけを、人様に見せる趣味はない。生々しいリークの舌の感触《かんしょく》を思い出し、顔から火が出そうだ。こんのクソガキっ、と叫《さけ》び出したいところだが、なんとか我慢した。俺は大人だ、と魔《ま》法《ほう》の呪文《じゅもん》を唱えて己《おのれ》を宥めすかす。

「……とっても嬉しゅうございます、リーク殿下《でんか》。ご覧ください。笑顔が止まりません」

アキトが顎《あご》を突《つ》き出して変顔をすると、リークはくすりともせずに真顔で頷《うなず》いた。

「よかったな。次は、もっと貴様に似合う豪華《ごうか》なドレスを贈ってやる」

「どうぞお気遣いなく〜〜〜〜！」

「では、先の夜のような淫靡《いんび》な下着を贈ろう。あの格好も貴様によく似合っていたであろう？」

思い出したのは、リークと過ごしたたった一夜にも満たない情事だった。

「……ほんっとに趣味がいい奴だなぁ、てめぇは」

目の前の男は、頬を紅潮させるアキトの嫌味《いやみ》を歯牙《しが》にもかけない。

「余からの贈りものを楽しみにしていると言ったのは、自分自身であろう。だいたい、己の妻を飾《かざ》り立てて何が悪いのだ」

呆《あき》れて二の句が継《つ》げない。茫然《ぼうぜん》自失になるアキトを、リークは軽く鼻で笑い飛ばした。

祝賀会の行われる大広間は、むせ返るようなアルファたちの匂いが充満《じゅうまん》していた。鼓動《こどう》が高鳴り、目を閉じながらゆっくりと深呼吸をする。

発情するオメガだったら、今頃、どうなっていたかわからない。今さらながら、アキトは祖国の同胞《どうほう》に代わって自分が嫁《とつ》いだことに、改めて安堵《あんど》したのだった。

「アキト、余から離《はな》れるな。ここはアルファの国。いくら悪魔といえど、あの曲者《くせもの》たちから見れば貴様は赤子同然だ」

硬質《こうしつ》な声音《こわね》が頭の上から降って来る。弱気になりかけていた心の中を見透《みす》かされたようで、アキトはわざと明るい笑みを浮《う》かべた。

「あいにく、お前に心配してもらうほど、か弱くねぇさ」

「……心配？　勘違《かんちが》いするな。面倒《めんどう》を起こされるのが億劫《おっくう》なだけだ」

「あっそ。可愛《かわい》くねぇー」

互いに前を向いたまま言い放つ。言葉尻《ことばじり》は乱暴だったが、隣から感じる気配がどことなくいつもよりも優《やさ》しいのは、アキトの気のせいだろうか。

「リーク殿下、誠《まこと》におめでとうございます」

代わる代わる従属国の貴賓《きひん》たちが、リークに挨拶《あいさつ》をする。アキトは名も知らぬアルファに、常に笑みを絶やさず対応し続けた。

好奇《こうき》、軽蔑《けいべつ》、拒絶《きょぜつ》。オメガの妃を見る人々の目は明らかに悪意に満ちていて、気を抜くと辟《へき》易《えき》しそうになる。それに次々と鼻腔《びこう》に届くアルファの匂いに、段々気分が悪くなってきた。リークは相変わらず挨拶に来る客の対応に追われているし、レガルは人手の足りない祝賀会の準備を手伝っている。

アキトは静かにその場から離れ、月明かりが差し込むバルコニーでふうと息を吐《は》いた。アルファの匂いがドレスにも染《し》み込んで、ひどく不快だった。リークの匂いを嗅《か》いでもこうはならないのに……。

「ご機嫌《きげん》いかがですか、エアリスのオメガ殿《どの》」

突然《とつぜん》、背中から聞こえた声に、はっとして振り返る。

「いいや、もうリンデーン王国のオメガですな」

先ほど挨拶に来た年嵩《としかさ》の大臣たちが、愛想《あいそ》笑いを浮かべて立っていた。

一人は狐《きつね》のような細目の男、もう一人はネズミのように前歯が出ている男。議会に十二人いる重臣のうちの二人で、名前は確か……。

だめだ。頭が回んねぇ。刺《さ》すようなアルファの匂いに、何も考えられなくなる。どうやら同じアルファであっても相性《あいしょう》があるらしい。とすると、やはりリークとは相性がいいと認めざるを得ない。

「歴史ある我らの宮殿《きゅうでん》を、オメガが妃として歩き回ることになろうとは」

慇懃《いんぎん》な態度とは裏腹に、侮蔑《ぶべつ》を隠《かく》そうともしない。アキトが思った以上に、リンデーン王国のアルファたちは、オメガを見下しているようだった。

そんな状態で、次期国王候補の王子が、オメガを娶《めと》ったらどうなるか。古い考えの連中の間で、大問題になっているのは嫌でもわかる。

「誠にドレスがお似合いですなぁ、王太子妃《ひ》」

「まさか本当に着てくださるとは。頭の固い私どもは、男としての矜持《きょうじ》が邪魔《じゃま》をして、絶対にドレスなど着れませんからなぁ」

にやにやと笑われて、あやうく怒《いか》りが沸点《ふってん》を超《こ》えそうになった。お前らが用意したんだろう、と怒鳴《どな》りたい気持ちをぐっと堪《こら》えて、アキトはにこやかに微笑《ほほえ》む。

「リーク殿下のためです。私のくだらぬ自尊心など取るに足りません」

「……ほう」

品定めをするような二人分の視線が、濃密《のうみつ》にアキトを捉《とら》えていた。嫌悪感《けんおかん》が込み上げ、なおさら気分が悪くなる。

「男とは思えぬほど、本当にお美しい。その姿形なら、どこの奴隷《どれい》市場に売りに出しても高値が付くでしょう」

「奴隷よりも娼婦《しょうふ》のほうがお似合いでは？　今も誘《さそ》うような匂いを垂れ流しておられますから」

「確かに。アキト殿の故郷は、さぞかし匂い立っているのでしょうなぁ」

——なんなんだこいつら。クソ、腹が立つ。

自分のことはいい。だが祖国を侮辱《ぶじょく》されるのは黙《だま》っていられない。音がするほど奥歯を噛《か》み、拳《こぶし》を握《にぎ》り締《し》めた、その時——。

「ワルター、マルク。貴様ら何をしている」

「で、殿下！」

怒気をはらんだ恐《おそ》ろしい形相をして、リークが大臣たちの後ろに立っていた。気迫《きはく》に満ちた姿に、アキトですら後ずさりそうになる。

「余の妃を愚弄《ぐろう》するとは……万死《ばんし》に値《あたい》する」

ひ、と男たちの口から悲鳴のような声が漏《も》れた。先ほどまで下卑《げび》た笑《え》みを浮かべていた顔は、みるみるうちに青ざめる。

「いいえ、私たちはアキト殿がお美しいと……」

「余が聞き間違えたとでも言うのか！」

「も、申し訳ございません……どうかお許しを」

「許さぬ。言い訳はあの世《よ》でしろ」

腰《こし》に差した剣《けん》へと手を伸ばしたリークに、アキトは心臓が飛び出そうになった。慌《あわ》ててリークと大臣たちの間に入り込み、鞘《さや》から剣を抜《ぬ》こうとするのを制する。

「リーク殿下、お待ちください！」

「退《ど》け」

冷え冷えとした声。光のない瞳《ひとみ》に射貫《いぬ》かれて、アキトはぞくりとした。

リークは間違いなく本気だ。自分が退《ひ》いたら、大臣たちを殺《あや》めてしまうだろう。

体中の血がさっと引く。アキトの前で拗《す》ねた顔をしていたリークは――誓《ちか》いの口づけをして、したり顔で笑っていたあのリークは――いったいどこにいったというのか。

「おやめください、リーク殿下！」

今にも剣を抜きそうなリークの冷たい手に、手のひらを重ねる。震《ふる》えている大臣らを尻目《しりめ》に、リークはゆっくりと口《くち》の端《はし》を上げた。

「我が妃はなんと寛大《かんだい》だ。アキト妃に免《めん》じて貴様らの命は見逃《みのが》してやる」

ほっとしたように大臣たちが息をしたのも束《つか》の間、

「代わりに貴様らの家族を差し出せ」

彼らに戦慄《せんりつ》が走る。

「で、殿下《でんか》、そ、それはっ……！」

「確か双方《そうほう》、娘《むすめ》がいたな」

勢いよく大臣たちが、床《ゆか》に片膝《かたひざ》をついた。

「も、申し訳ございません。それだけは、ご勘弁《かんべん》を……！」

感情の伴《ともな》っていない漆黒《しっこく》の瞳が、虫けらを見るように男らを見下ろす。いくら己《おのれ》の妻を愚弄されたからといって、これではやりすぎだ。

「リーク殿下！　もういい加減におやめください！」

無表情のまま、リークがゆらりとこちらを向く。得体の知れない恐怖《きょうふ》が、悪寒《おかん》のように体の中をぞくぞくと走り抜けた。

「リーク……どうしたんだよ、お前」

整った男の唇《くちびる》が何か言おうとした刹那《せつな》、「リーク！」と低い声が聞こえた。

「ガウリン」

アキトとさほど歳《とし》が変わらない青年が駆《か》け寄ってくる。肩《かた》まであるまばゆい銀色の髪《かみ》、高い鼻に、美しい水色の瞳。さぞや女が放っておかないだろうと、たやすく想像できる美丈夫《びじょうふ》だった。

「……目障《めざわ》りだ、行け」

整った顔を興醒《きょうざ》めしたかのように歪《ゆが》めたリークは、剣から手を退ける。大臣たちは、蜘蛛《くも》の子を散らすように逃《に》げて行った。

「アキト妃、ご無事ですか？」

近くまで来た青年が、心配そうにアキトへ問う。

「問題ありません。私は何も……」

「それはよかった」

「ふんっ。どいつもこいつも、私腹を肥やすだけの役立たずな二世どもだ」

煩《わずら》わしそうにはしているが、ほんの少し前の殺伐《さつばつ》とした雰囲気《ふんいき》は感じられなかった。張りつめていた緊張《きんちょう》の糸が切れ、アキトは人知れず胸《むね》を撫《な》で下ろす。

「叔父上《おじうえ》が病に臥《ふ》せっているのをいいことに、力を得たと勘違《かんちが》いしているんだろうね。……どちらにしても、真正面から相手にするなと常々言っているだろう、リーク」

青年に窘《たしな》められたリークは、叱《しか》られた子猫《こねこ》のようにしゅんとして押し黙った。他《ほか》の人間には見せぬであろう表情に、よほどリークと近い間柄《あいだがら》ではないかとアキトは推測する。

「お出《い》でくださって早々、騒《さわ》がしい連中で申し訳ございません、アキト妃殿下。現王の兄の息《むす》子《こ》、ガウリンにございます」

リークの従兄《いとこ》であるガウリンの態度は、唯一《ゆいいつ》、自然で友好的だった。

嬉《うれ》しくなったアキトは白い歯を見せて笑い、「アキトで構いません」と差し出された手を握り返す。

「余から離《はな》れるなと申したであろう」

リークに苦言を呈《てい》され、気まずい笑みがこぼれた。心配はいらないとあれだけ豪語《ごうご》したのに、アルファの匂《にお》いにやられて気分が悪くなったとは言い出しにくい。

「申し訳ございません。すぐに広間へ戻《もど》りますので」

「もうよい。貴様は下がれ」

「いえ、殿下。この後、祝賀会がございます」

「構わぬ。食事は部屋に持って行かせる」

「ですが、祝賀会で肝心《かんじん》の妃《きさき》がいなければ、殿下の格好がつかな――」

「うるさい！　邪魔だ！　つべこべ言わずに部屋に戻って大人しくしておけ！　わかったな！」

鬼気迫《ききせま》る形相を向けられ、アキトはつい「あ、はい」と承諾《しょうだく》する。

それにしても妃に対して邪魔とは何事か。二人きりであれば悪態のひとつやふたつつけるのだが、ガウリンがいる手前どうにもやりづらい。

「ガウリン。アキトをみてやってくれ」

「わかったよ、リーク」

いったいどういうことだろう。部屋に戻るくらい、わざわざガウリンの手を煩わせる必要はない。

納得《なっとく》していないことが伝わったのか、リークはアキトを横目で睨《にら》んだ。さらなる小言に備えて身構えるアキトだったが、予想に反して、リークは外套を翻《ひるがえ》し足早に歩いて行ってしまう。

大臣たちから庇《かば》ってくれる一方で、冷たい態度をとる。リークの本音がどこにあるのか、アキトにはわからない。

「アキト妃《ひ》。こちらです」

ガウリンに案内された部屋は、昨夜《ゆうべ》休んだ部屋よりも広く、豪華《ごうか》な装飾《そうしょく》がそこかしこに施《ほどこ》されていた。足元には王家の紋章《もんしょう》を象《かたど》った絨毯《じゅうたん》が敷かれ、まさにリンデーン王国の富と力を表している。

「ガウリン公、素晴《すば》らしいお部屋ですね。ご配慮《はいりょ》いただき、誠《まこと》にありがとうございます」

アキトは恭《うやうや》しく一礼し、上品に口元を上げた。ガウリンはなぜか目を丸くした後、穏《おだ》やかな微笑《ほほえ》みを浮《う》かべる。

「貴殿《きでん》のことはリークからよく聞いている。その綺麗《きれい》な顔から『クソアルファ』なんて台詞《せりふ》が出るとは、信じられないけどね」

けらけらと笑われて、アキトは啞然《あぜん》とした。

「バレていましたか……」

「うん。そういうわけだから、今さら仮面を被《かぶ》らなくてもいい。楽にしてごらん」

あのリークが口外するとは、やはりよほどガウリンを信頼《しんらい》しているらしい。なんとも言えない表情で首の裏をかいていると、ガウリンが奥へと誘《いざな》う。

「先ほどはすまなかったね。古い連中ばかりなんだ。慣れないドレス姿で疲《つか》れただろう？　寝《しん》台《だい》で休むといいよ」

アキトはこれ幸いとばかりに、「じゃあ遠慮《えんりょ》なく」と柔《やわ》らかな寝台に座り込んだ。途《と》端《たん》に、鉛《なまり》みたいな疲労《ひろう》感《かん》が全身にのしかかる。

「腕《うで》を出してごらん」

「腕？」

ガウリンの言葉に首を傾《かし》げるが、すぐに合点《がてん》がいった。

「ああ、そうか、腕相撲《ずもう》か！　いくら疲れていると言っても、祖国では負け知らずだ。オメガだと侮《あなど》ってもらっては困るな、ガウリン公」

細身だが筋肉のついた腕を誇《ほこ》らしげに掲《かか》げると、ガウリンは上品で華《はな》やかな笑い声を漏《も》らした。

「違う違う。腕相撲も楽しそうだけど、今は脈を診《み》せて欲しいんだ。こう見えて、私は医者の端《はし》くれだからね」

ガウリンは医学の見識が高く、ザラン王に任されて医療《いりょう》研究の長《おさ》を務めているらしい。そうか……リークが言っていたのはこのことか。

とてつもない勘違いをしていたアキトは、恥《は》ずかしさを堪《こら》えて素直《すなお》に腕を差し出した。

「少し顔色が悪いし、脈も速いな。念のため、今晩は胃に負担のないものにさせようか」

「ありがとう、ガウリン公。……さすがに疲れが出たかな」

自嘲《じちょう》気味に笑いながら、女物のかつらを取った。アキトが金色の髪をくしゃくしゃとかき混ぜていると、ガウリンは静かに立ち上がる。

「このリンデーン王国で、オメガを妃とするのは前代未聞《みもん》だ。止めたけれど、リークは頑《がん》として譲《ゆず》らなかった。今まで大抵《たいてい》は、私の言うことを素直に聞いていたからね。本当に驚《おどろ》いたよ」

素直に、という言葉が信じられない。アキトの知るリークは、誰《だれ》にも譲ることがない性格に見えたが、ガウリンは幼いころからリークを可愛《かわい》がっていたと聞き、ようやく納得した。忙《いそが》しいザラン王に代わって、リークへ教養を授《さず》けたのも、剣《けん》を教えたのもガウリンだったらしい。

「半年前、ザラン王が次期国王候補として、リークの名を挙げた。その後からだよ。リークがオメガを妾《めかけ》にすると言い始めたのは」

精神的に追い詰《つ》められ、勃《た》たなくなったリークにとっては、オメガの発情香《はつじょうこう》だけが頼《たの》みの綱《つな》だったのだろう。

そんな折にエアリス公国が交渉《こうしょう》を持ち掛《か》けたのだから、リークとしてはかなり好都合だったはずだ。

「リークが子を欲しがったのはわかる。……でも、なんで発情しない俺をまた呼び戻したのか、未《いま》だにわかんねぇんだよなぁ」

訝《いぶか》しむアキトに、ガウリンは水色の瞳《ひとみ》を伏せた。

「リークの母上はアルファであられたが、庶民《しょみん》の出だったんだ。心無い大臣たちの言葉に心を病《や》まれて、自ら命を絶っている。だから……アキトのような強い男を欲《ほっ》したのかもしれないね」

アキトは驚きを隠《かく》せなかった。

祝賀会が始まったのか、扉《とびら》の向こうから華やかなオーケストラの演奏がかすかに聞こえる。

「そうだったのか……知らなかった」

「リークが五歳の時だよ。それまではよく笑う子だったが、今ではあまり感情を出さなくなってしまった」

そのような過去があったからこそ、大臣に対して異様なまでの怒《いか》りを向けたのかもしれない。

幼かったリークの心情を思うと、アキトの胸にひしひしと寂《さび》しさが込み上げた。どれだけ辛《つら》く悲しい出来事だったか、察するにあまりある。

今、あの男は大勢の来賓《らいひん》の前で、いったいどんな顔で、何を考えているのだろう。リークを思うと、アキトの胸は音もなく軋《きし》んだ。

「私にとってリークは、実の弟も同然だ」

ガウリンの双眸《そうぼう》には、強い光が秘《ひ》められているように見えた。それだけリークが大切な存在なのだと伝わる。

「まだまだ未熟な面もあるが、リークは国王になるべき男だ。……アキト、気をつけたほうがいい。ここにはオメガに根強い偏見《へんけん》を持つ人間が多くいる。可哀想《かわいそう》だけれど、大人しくしているのが貴殿のためだよ」

ガウリンの優《やさ》しい気遣《きづか》いはありがたいが、あまのじゃくな性格は自分でもどうにもできない。

「大人しくか。悪いけど、多分……いや、絶対に無理だわ」

強気な態度でアキトが口《くち》の端《はし》に笑《え》みをたたえると、ガウリンは目を丸くした。そして大げさに肩《かた》を揺《ゆ》らして笑い始める。

「よかった！　そうこなくては！　さすがリークが見初《みそ》めた妃だな。期待しているよ、アキト！」

ぽんと肩を叩《たた》いて、ガウリンは部屋を出て行った。

少ししてから、侍女《じじょ》が簡単につまめる軽食を持ってきてくれた。ガウリンが指示したのだろう。食欲がなかったから、その気遣いがありがたかった。

アキトはすばやく食事を済ませ、どさっとドレスのまま寝台に倒《たお》れ込んだ。

ほんのちょっとだけ横になったら、着替《きが》えをして、明日の予定を確認《かくにん》して、それから……。

やるべきことは山ほどあるのに、指一本動かせない。

起きなければと思っているうちに、泥《どろ》の中へ沈《しず》むように深い眠《ねむ》りへと引き込まれていった。


どれくらい寝《ね》ていたのだろうか。静かに扉が開く音ではっと目が覚めた。

近づく足音は、いつも聞いているレガルのものではない。気配を殺してひたひたと近寄る音に耳をそばだてつつ、息を潜《ひそ》める。

大きな影《かげ》が寝台の前に立った瞬間《しゅんかん》、アキトはサイドテーブルに置いていた剣を握《にぎ》った。素早《すばや》い動作で、何者かの首元に剣を突《つ》きつける。

「誰だ、てめぇは」

剣の刃《は》を喉仏《のどぼとけ》に近づけると、大きな影は微動《びどう》だにせず、心底呆《あき》れたような声を出した。

「……なんのまねだ」

「その声は……リークか！」

剣を下ろして、窓から差し込む月明かりを頼《たよ》りに目を凝《こ》らす。しばらくすると暗闇《くらやみ》に目が慣れてきて、アキトはようやく夫になったばかりのリークの姿を捉《とら》えた。

「まさか妃《きさき》に剣を向けられるとはな」

心外だと言わんばかりに、リークが瞳を歪《ゆが》める。

「お、お前が気配を消して入って来るからだろ！　普通《ふつう》にノックしろよ！」

中立をうたっているエアリス公国は、諸外国に比べ、群を抜《ぬ》いて平和だ。それでも、自分の身は自分で守れと小さなころから訓練されてきた。剣の腕なら、騎士《きし》が強いリンデーン王国でも劣《おと》らない自信がある。

「貴様はもう余の妃だ。妃の部屋にノックも何もない」

リークは不機嫌《ふきげん》そうに顎《あご》をしゃくると、勝手に寝台へ腰《こし》を下ろした。

月光に照らされたリークの横顔は、まるで絵画のような美しさだ。少しの間、言葉すら忘れ見とれてしまった。

「まだそれを着ているのか。よほど気に入ったのだな」

苛立《いらだ》ちを帯びた口調で咎《とが》められ、そういえば着替えをしていなかったことを思い出した。

「疲れてそのまま寝ちまっただけだっつの」

「どうだか……」

穴が開きそうなほどリークに見つめられて、かぁっと顔が赤くなる。ここが暗闇でよかった。こんな顔を見られたら、何を言われるかわからない。

「今、脱《ぬ》ぐとこだったんだよ」

急にドレス姿が恥ずかしくなり、アキトは急いで背中の紐《ひも》に腕を伸《の》ばした。

だが、窮屈《きゅうくつ》なドレスはなかなか脱げない。四苦八苦していると、リークが「貸せ」と背中に回って来た。さっきまでは気を張っていてわからなかったが、アルファの甘くて濃厚《のうこう》な匂《にお》いが、一気に肺の中に入る。

「……んっ」

少し汗《あせ》ばんだ肌《はだ》にリークの指先が触《ふ》れた途端、ガウリンに触《さわ》られた時には感じなかった高揚《こうよう》が走った。身じろいでリークを振《ふ》り返れば、「なんだ」と男はまったくもって涼《すず》しい顔をしている。

オメガの肌香《はだこう》もこの男には通用しない。自分だけが意識しているようでなんとも馬鹿《ばか》らしい。それにコルセットのリボンを外すリークの仕草は、異様なほど手慣れていた。

年下のくせに、生意気だ。

「もういい。自分でやる」

「動くな」

ぴしゃりと言い放たれて、思わず止まる。紐を解《ほど》いてもらうまで、まるで拷問《ごうもん》のような気恥ずかしさに耐《た》えた。

「どーも、どーも。ありがとうございました、殿下《でんか》」

おざなりに礼を言い、締《し》め上げていたコルセットを脱いで上半身裸《じょうはんしんはだか》になる。ついでにパニエも脱いだ。解放感を味わいながら大きく伸びをしていると、リークにいきなり顎を摑《つか》まれた。

「あがっ⁉ な、なんだよ……」

「よく顔を見せろ」

鼻と鼻が触れ合いそうな近さで顔を覗《のぞ》き込まれ、言葉に詰まる。吸い寄せられてしまいそうな深い黒瞳《こくとう》が、アキトを捉えていた。

「ふんっ、夫に剣を向けるだけの元気があれば、問題ないな」

「な、何が……」

アキトの疑問に答えは返ってこない。嫌味《いやみ》な笑みだけを残し、リークはあっという間に部屋から出て行ってしまった。一人取り残されたアキトは、暗闇の中で訝《いぶか》しげに腕《うで》を組む。

「心配して来た……とか？　いや、まさかな……」

けれど、それぐらいしか理由が思いつかなかった。寝癖《ねぐせ》のついた髪《かみ》を、ぐしゃぐしゃとかき回す。

男の寂しい過去を聞いたからだろうか。なんだか胸の辺りがもやもやして仕方がない。

「気のせいだ、気のせい」

アキトはそう言い聞かせ、身軽になった体で再び寝台《しんだい》のシーツの中に潜《もぐ》り込んだ。

収穫祭《しゅうかくさい》は、アキトがリークに嫁《とつ》いで一週間後に行われた。大広間には大量のワインが用意され、芳醇《ほうじゅん》な甘い香《かお》りが漂《ただよ》っている。

リークはザラン王に代わり、ワインを献上《けんじょう》しに来たブドウ農家と話をしていた。民《たみ》の声など聞きもしないのかと思いきや、驚《おどろ》くほど熱心に彼らの話を聞いている。

欲を言えば、偉《えら》そうな仏頂面《ぶっちょうづら》をやめて、もう少しにこやかに笑えないものか。

「アキト妃殿下《ひでんか》、どうぞどうぞ」

リークから視線を外し、アキトは上品な仕草で注《つ》ぎ足《た》されたワインを飲み干した。凍《こお》ったブドウを圧搾《あっさく》し、その果汁《かじゅう》を発酵《はっこう》させたというアイスワインはリンデーンの名産で、とろけるような甘さが口の中いっぱいに広がる。

何杯目《なんばい》かはとうに忘れた。何度もワインを勧《すす》める大臣たちは、アキトがみっともなく酔《よ》い潰《つぶ》れるのを待っているようだった。

先日の件もあって、表面上は大人しくしているが、内心面白《おもしろ》くないのはわかりきっていた。

「本当にリンデーンのワインはおいしいですね。まだまだ何杯でもいけそうだ」

アキトがまったく顔色を変えずに言い放つと、大臣たちは案の定ぎょっとしていた。酒に強い体質は母親ゆずりだ。産んでくれた祖国の母に、心の中で感謝をする。

「ワルター大臣もどうぞ召《め》し上がってください。……ああ、マルク大臣も空でしたね、申し訳ない」

素早く彼らのグラスになみなみとワインを注いだ。顔を真っ赤にした彼らを眺《なが》め、アキトは爽《さわ》やかな笑みを振りまく。そんな調子で祭りが終わるころには、すっかり酔い潰れた大臣たちが大広間に取り残された。唖然《あぜん》としている衛兵たちにウインクをして、席を立つ。

「アキト様、大丈夫《だいじょうぶ》ですか」

廊下《ろうか》を歩いていると、レガルが後ろから聞いてきた。

「大丈夫だよ」

「そうは見えませんが……いつもの悪いくせが出ているのではありませんか」

「んなわけ……ねーだろって――！」

ガンッと廊下の壁《かべ》にぶつかって、うずくまりながら頭を抱《かか》える。

「いってぇ」

「おい、アキト」

冷ややかな声が耳朶《じだ》に飛び込んできた。顔を上げれば、腕組みをしながら、もの問いたげな視線を寄こす旦那様《だんなさま》が一人。

「貴様、何杯飲んだんだ」

「さぁ、覚えてねぇわ」

氷のような冷たい視線に射貫《いぬ》かれ、アキトはついつい言い訳じみた言葉を吐《は》き出す。

「負けられるかよ、あんなジジイどもに。……ははっ、お前にも見せたかったわ。ジジイどもの悔《くや》しそうな顔。あの顔を思い出すだけで、飯が何杯でも食えそうだ」

アキトが子どものように邪念《じゃねん》のない顔で笑っていると、リークは、

「なんとくだらぬ」と眉間《みけん》に力を入れた。絨毯《じゅうたん》の上にしゃがみ込んだ体勢のまま、アキトは大きな男を笑って見上げる。

「リンデーンの酒がうますぎるのが悪いんだよ。今度視察に行かせろ。あ、そういえば、リーク。お前は、まだ成人の儀《ぎ》を迎《むか》えてないお子ちゃまだから、飲めないんだったな。可哀想《かわいそう》になぁ！　あははっ！」

アルコールのせいか無性《むしょう》に楽しくなってきた。レガルの小言を言いたそうな姿も、リークの仏頂面も、何もかもが愉快《ゆかい》だ。

「いつまでそうしておるのだ！　立て、アキト！」

「あーははははっ！　無理無理！　動きたくありませーん！　ここで寝《ね》る！」

むっと唇《くちびる》を歪《ゆが》めたリークを指差し、アキトは「変な顔！」と陽気に笑う。

「おい、レガル……なんだこの酔っ払《ぱら》いは！」

「申し訳ございません。少々飲み過ぎたようです」

「少々どころではないだろう！」

二人の会話を気にもせずいつまでも笑っていたら、リークに腰《こし》を持ち上げられて、アキトは驚きの声を上げた。

「あっぶねぇなぁ！　乱暴にすんな、ぼけ！　てめぇの大事な大事なお妃様《きさき》だぞ！」

お姫様抱《ひめだ》っこのような体勢が気に食わなくて、「下ろせっつの！」とリークの胸を叩《たた》く。だが、逞《たくま》しい体は、腹が立つくらい微動《びどう》だにしなかった。

「リーク様っ、私がお運び致《いた》します！」

慌《あわ》てて追いかけて来たレガルを、リークは一瞥《いちべつ》する。

「構わぬ。お前は下がってよい」

最初は抵抗《ていこう》していたアキトだったが、屈強《くっきょう》なリークの腕はとても心地《ここち》がよくて、うっとりと瞳《ひとみ》を閉じた。まるでゆりかごのように気持ちのいい揺《ゆ》れを感じ、リークの首筋に顔を預ける。

「抱っこされるなんて、久しぶりだなぁ」

「貴様はもう喋《しゃべ》るな」

傲慢《ごうまん》な態度も、冷酷《れいこく》さも好きにはなれないが、この男の匂《にお》いは好きだ。首筋から漂うアルファの香りをもっと感じたくて、すんすんと鼻を鳴らしていると、リークが抑揚《よくよう》のない声を発する。

「……嗅《か》ぐな」

「私はぁ、あなたのぉ、妃なのでぇ、勝手に嗅ぎますぅ。めちゃくちゃ嗅ぎますぅ」

刃《やいば》のような瞳で睨《にら》まれても、手に伝わるリークの体温はとても温かくて、優《やさ》しい。

「まったく、なんなんだ貴様は。……落としても知らないからな」

それなら下ろせばいいのに、リークはしかめっ面でアキトを抱き上げたまま、ずんずんと進んでゆく。

案外、面倒見《めんどうみ》がいいところもあるではないか。アキトはくすりと笑って、男の首筋に鼻先を埋《うず》めた。

「ほんとすげぇいい匂い。他《ほか》のアルファだとこんなにいい匂いって思わねぇんだよなぁ……不思議だわー」

ますます饒舌《じょうぜつ》になってゆくアキトに呆《あき》れているらしく、リークは固く口を結んでいる。

「着いたら起こせよぉ……」

アキトは鍛《きた》えられた男の背中に腕を回し、心地よい振動《しんどう》に身を任せた。


ちょっと、待て。なんだこの状況《じょうきょう》は。

まぶしい光に目を瞬《またた》いた。教会の鐘《かね》が遠くで鳴っている。アキトは目覚めてすぐ、自分が縋《すが》りつくように抱き締《し》めている物体を見つめ、「嘘《うそ》だろ」と声を漏《も》らした。

「ようやく起きたか、この酔っ払いめが」

もうだいぶ聞き慣れた青年の声が、鼓膜《こまく》を揺らす。恐《おそ》る恐る視線を上げると、リークの冷たくも美しい顔があった。

「余は抱き枕《まくら》ではないのだが？」

寝台の上で政務の書類を読んでいたらしいリークが、アキトを睨《ね》めつける。

アキトが抱きついていたのは紛《まぎ》れもなくリークの腹で、今も逃《のが》さないと言いたげに男の太ももに自身の足を絡《から》めている。

「起きたのなら、いい加減離《はな》せ」

「……あ、悪い」

アキトは慌てて、引き締まった腹筋から手を離した。ついでに乱れていたリークの服を戻《もど》して、たった今ベタベタと触《さわ》っていた腹を隠《かく》してやる。

カーテンの向こう側にある太陽は、かなり高さを増していた。先ほどの鐘の音は、おそらく正午を告げるものだったのだろう。

「貴様のせいで、朝の予定がだいぶ狂《くる》った」

「俺のせいって。んなの——」

知るか、と続けた言葉はリークの声にかき消された。

「昨夜《ゆうべ》の蛮行《ばんこう》を、忘れたとは言わぬだろうな」

アキトはぎくりと肩《かた》を揺らした。綺麗《きれい》さっぱり忘れた、と胸を張りたいところだが、残念なことに記憶《きおく》はばっちりと残っている。

「貴様の酒癖《さけぐせ》の悪さには、心底呆れた」

昨夜、部屋まで送ってくれたリークを、何やかんや理由をつけて、抱き締めて放さなかった。

そのまま男を寝台《しんだい》へと引きずり込み、文字通り抱き枕にして寝たのだ。自分でもはしゃぎすぎたと思うだけに、反論のひとつもできやしない。

「余はこれから剣《けん》の稽古《けいこ》がある」

「へぇ、いいな。俺も連れて行けよ」

「何を言っておる。オメガの軟弱《なんじゃく》な体で、剣など振《ふ》るえるものか」

「あのなぁ、悪いけど剣の腕《うで》なら自信があるぞ」

「いいから寝ていろ！」

リークが寝台から降りて叫《さけ》ぶ。さすがにカチンときたが、追いかけようにも二日酔《よ》いの体がまったく言うことを聞かない。

「絶対に問題を起こすなよ」

部屋を出て行くリークの背中を、アキトはぎりぎりと唇を噛《か》み締めて見送った。

なんたる失態だ。寝台で大の字になり、髪《かみ》の毛を乱暴にかき回した。

レガルからも悪いくせだと指摘《してき》されているのに、飲み過ぎるとどうにも人恋《ひとこい》しくなってしまう。

「つーか……ほんとに何もしてねぇのかよ、アイツ」

隅々《すみずみ》まで体を点検するが、いつもどおりだ。アルファの男にオメガが抱きついていたのに、手を出さないとはどういうことか。あの男が勃起《ぼっき》不全だとしても、なんだか自分に魅力《みりょく》がないのかと狭量《きょうりょう》なことを考えてしまう。

「クソ……欲求不満かよ。みっともねぇ」

発情期はないが、性欲はある。真っ昼間から兆《きざ》し始めた自分の下半身を見下ろし、アキトは長いため息を吐《つ》いた。

久しぶりに自分で自分を慰《なぐさ》める行為《こうい》をした。しかも、よりによってリークに犯《おか》される妄想《もうそう》だった。

誰にも言えない後ろめたさを抱《かか》えて、げんなりと寝台で眠《ねむ》りを貪《むさぼ》る。そんなアキトのところへ、レガルが二日酔いに効くという薬を持ってきた。さすがは優秀《ゆうしゅう》な従者だ。しばらくすると怠《だる》さがすっかりなくなり、アキトは寝台からようやく体を起こす。

「……お加減はいかがですか、アキト様」

ほかにも何か言いたげなレガルに、アキトは完璧《かんぺき》な笑顔《えがお》で答える。

「ああ、問題ない。まったく問題ない」

「アキト様」

「それより！　レガル、今日の予定は？」

「夜に隣国《りんごく》の大使夫人と会食がございます」

「日中は何もなしかよ」

「平和でよろしいではないですか」

馬車馬になれと言われた割には、日がな一日ごろごろしている。確かにリンデーンのオメガへの偏見《へんけん》は根強いが、リークがあれだけ大臣らを脅《おど》したのが功を奏したのか、今のところ大きな問題は起きていない。

おいしい料理と酒、ふかふかで清潔な寝台で一日暇《ひま》を持て余《あま》す、なんて贅沢《ぜいたく》な暮らしだ。こうやって怠《なま》けているから、余計な性欲が溜《た》まるのだ。

アキトは思い立って、顔を上げた。

「よし、ちょっと出かけてくる。お前は自分の仕事でもしてろよ」

「アキト様、いったいどこへ」

「ひみつ～」

「お待ちください！　私もご一緒《いっしょ》致します！」

心配そうなレガルを連れて、アキトはリークがいるはずの訓練場へ向かう。

訓練場では屈強《くっきょう》な男たちの野太い喚声《かんせい》と、剣と剣がぶつかり合う音が鳴り響《ひび》いていた。

「へぇ、すげぇな！」

「踏《ふ》み込みが遅《おそ》い！」

ひときわ大きな喚声が起こる。目を向けると、リークがまさに剣を振るっているところだった。

対戦相手の身長はリークとほぼ変わらないが、横幅《よこはば》は倍近くある。その騎士《きし》の攻撃《こうげき》ひとつとっても、なかなかの腕前だと見受けられた。

体格のいい騎士の重い攻撃を、リークはいとも簡単にかわしている。

「やるじゃねぇか、アイツ」

圧倒的《あっとう》な剣技に、アキトの頭の芯《しん》が痺《しび》れた。リークと戦ってみたい、そう言っているかのように心臓がバクバクと鼓動《こどう》を打つ。

「ぐはっ」

リークが大きく仕掛《しか》けてきた大男をかわし、背中に剣の柄《つか》を叩《たた》き込んだ。その場にうずくまった騎士に、「終わりだ」と告げる。

鍔鳴《つばな》りの音がキーンと小気味良く響き、一瞬《いっしゅん》、辺りは時が止まったかのように静まり返った。

それから大きな喝采《かっさい》が起こる。アキトも手を叩いて、リークの前に出た。

「お見事でした、リーク殿下《でんか》」

こめかみに流れた汗《あせ》を拭《ぬぐ》ったリークは、ひどく驚《おどろ》いた顔をした。

「アキト……貴様、どうしてここに。寝《ね》ていろと言っただろう」

「ご心配には及《およ》びません」

アキトはゆらゆらと立ち上がった先ほどの大男から練習用の剣を借り、リークに向けて構えてみせる。

「殿下、どうぞ今一度剣をお取りください。私と勝負しましょう」

「余に勝てるとでも？」

リークがうっすらと微笑《びしょう》を浮《う》かべた。オメガがアルファに勝てるわけがないと、言葉にはせずとも周りの騎士たちの誰《だれ》もが目で訴《うった》えている。

「自信はございます。どうかお手合わせを」

「後悔《こうかい》するなよ、アキト」

リークが剣を抜《ぬ》き、アキトの剣と交差させる。アキトは後ろにいたレガルに視線をやった。レガルはやれやれといった様子で「お二人とも準備はよろしいですか？」とつぶやく。騎士たちが固唾《かたず》を呑《の》んで見守る中、リークとアキトは同時に頷《うなず》いた。

「始め！」

やはり、リークの剣の腕は大したものだった。激しく刃《やいば》がぶつかるたびに、火花が散る。どちらとも一歩も引かず、甲高《かんだか》い金属音が何度も鳴り響いた。

リークの鮮《あざ》やかな一撃《いちげき》をあわやというところでかわす。剣を捉《とら》えたと思ったら、次の一手を返される。

これだ、この感覚だ。

勝負をしているうちに楽しくなってきて、アキトはもっともっととリークと剣を交えた。リークもその鋭《するど》い眼光の中に、微笑みのようなものを浮かべている。

「さっさと負けていただきたい！　アルファの王子よ！」

「貴様こそ！　負けを認めろ、オメガの妃よ！」

辛辣《しんらつ》な言葉とは裏腹に、永遠に続けばいいと願うくらい心地《ここち》よい打ち合いだった。

「今度こそ終わりだ、リーク！」

アキトが上から剣を打ち込む。リークはアキトの剣を巻き込みながら打ち払《はら》い、今度は思い切り胸をめがけて攻撃を仕掛けてきた。

「——っ！」

押されて、体が傾《かたむ》く。負けてたまるか。なんとか左足で堪《こら》え、再度リークを狙《ねら》った。だが、アキトの剣の動きは、リークに読まれていたらしい。素早《すばや》く反応したリークに、剣先を押し下げられる。次の瞬間には、首にリークの剣があった。

一体何が起こったのか。ザクッと顔の隣《となり》に剣を突《つ》き刺《さ》され、目を見張る。気づけば、アキトは地面に倒《たお》れていた。

手にあったはずの剣は、足元に転がっている。痛みすら感じない速さで、攻撃をあしらわれたのだ。

「ははっ、強いな、リーク！　やるじゃねぇか！」

息を乱しつつ、アキトは闊達《かったつ》に笑い声を立てる。負けたというのに、こんなにも爽快《そうかい》な気分になったのは初めてだ。

地面に寝ころんだまま、抜けるような青空を見やった。まとっていた服を捲《まく》って、腹にかいた汗を乾《かわ》かしていると、騎士たちが真っ赤な顔で目を逸《そ》らす。女相手でもあるまいし、その初《う》心《ぶ》な反応にアキトは目を丸くした。

「なんだよ……え、何？　俺、なんかした？」

「アキト、早く立て！　貴様はオメガだ！　忘れるな！」

ぐいっと手首を引っ張って立たされる。何言ってんだ、こいつ。

「忘れてねぇよ。お前なぁ、すぐそうやって怒《おこ》んなよ。にっこり笑ってみ？　はい、にこー」

目尻《めじり》を極限まで下げてアキトがお手本を見せてやると、リークはこれ以上ないくらい不機嫌《ふきげん》な表情を浮かべた。

「貴様は……まったく信じられん。だいたい、他《ほか》の男たちの前であのような姿を晒《さら》すとは……」

ただ腹を見せただけじゃねぇか。ぶつぶつ言う男を無視して、アキトは先ほどリークに負けた騎士に剣《けん》を手渡《てわた》した。

「よく手入れされた剣だった。ありがとう」

「……い、いえ」

騎士が何やら言いたそうにしているので、「どうした？」と微笑む。男は熊《くま》みたいな図体《ずうたい》をしていたが、よくよく見ればその表情はおおらかで、優《やさ》しさがにじみ出ていた。

「アキト妃殿下《ひでんか》は、本当にオメガでいらっしゃいますか？」

「ああ、そうだ。それがなんだ？」

「……わ、私が聞いていたオメガの印象とあまりに違《ちが》いまして……」

「印象か。そうだな、オメガは淫乱《いんらん》で、アルファを見たらすぐに発情し、股《また》を開いて堕落《だらく》させる悪魔《あくま》ってか？」

アキトが妖艶《ようえん》に片方の口角を上げると、音がしそうなくらい派手に男の顔が赤くなった。けらけらと笑いながら、アキトは騎士の肩《かた》を叩く。

「お前の名前は？」

「ルキアノスにございます」

「ルキアノス。お前は自分の目で、直接見たものだけを信じろ」

「……は、はい！」

ルキアノスは上気した顔で、アキトに敬礼をした。

成りゆきを見守っていたほかの騎士たちが、先ほどとは目の色を変えて、

「アキト妃殿下、ぜひ私ともお手合わせを！」

とこぞってアキトの前に出る。

「ああ、いいぜ。やろうやろう」

額の汗を拭ったアキトを、リークはぎろっと睨《にら》みつけた。

「アキト、貴様――」

リークが喋《しゃべ》り出したところで、政務補佐官《ほさ》がやって来た。白い顎《あご》ひげを蓄《たくわ》えたその男は、腰《こし》

をしっかりと曲げて告げる。

「リーク殿下、本日の会食の件で、ご確認《かくにん》したいことがございます。大臣らも集まっておりますゆえ、広間のほうへお越《こ》しください」

「……わかった」

静かな怒《いか》りのオーラを醸《かも》し出しながら、宮殿《きゅうでん》へ歩き始めたリークは、ふいに振《ふ》り向く。

「わかっているだろうな、アキト」

「はいはい、『問題を起こすな』だろ！　頑張《がんば》れよ、旦那様《だんなさま》！」

ふん、と鼻であしらわれたが、久しぶりに体を動かして気分が晴れたアキトには、なんの問題にもならなかった。

剣の稽古《けいこ》は二刻あまり続き、アキトは騎士《きし》たちにいつの間にか教えを請《こ》われていた。

「さすがに疲《つか》れた。ちょっとだけ休憩《きゅうけい》させてくれ！」

残念そうに眉《まゆ》を下げた騎士たちに手を振り、噴水《ふんすい》の縁《へり》に座って火照《ほて》った体を休める。

「素晴《すば》らしい剣術でした、アキト様」

ルキアノスがちょうどよく水を差し出し、アキトはそれをごくごくと飲み干した。

「ルキアノス、お前もなかなかの腕《うで》だな。ずっとリークに仕えていたのか？」

「いえ、もともとは他国で傭兵《ようへい》を率いておりました。リンデーン王国と戦った際、リーク様に認めていただき、騎士として迎《むか》えられたのです」

ルキアノスはふしくれ立った太い指を、微笑みながらこすり合わせる。まるで大切な思い出を包み込むような仕草だった。

「恥《は》ずかしながら、リーク様に殺される寸前で……。『貴様はいい目をしている。余と共に来い』と、そうおっしゃっていただいた時は、全身が震《ふる》えました」

ルキアノスはうっとりと語る。同じような言葉をかけられ、強引《ごういん》に娶《めと》られたアキトとしては、なんとも言えない複雑な気持ちで、彼の話を聞いていた。

「その、失礼かもしれませんが……」

「ん？　なんだよ」

ルキアノスの日に焼けた頰《ほお》が、うっすらと赤く染まる。

「お二人は……とてもお似合いでいらっしゃいますね」

「……はぁ⁉」

少しの間、時が止まった。

お花畑のような台詞《せりふ》を言われ、アキトは思わず顔を顰《しか》めてしまった。「どこがだよ！」と大人げなく言い返そうとした時、リークの気配が近づく。

「まだやっていたのか、貴様らは」

「殿下！」

ルキアノスはリークに向かい、しゃんと背筋を伸《の》ばした。

「赤子のお守《も》り、ご苦労だったな、ルキアノス」

「はい！　あ、いえ！」

「リーク、誰《だれ》が赤子だって？」

リークの嫌味《いやみ》はアキトにとっていつものことだが、ルキアノスにとってはどう処理していいかわからないらしい。あたふたとするルキアノスを一瞥《いちべつ》し、リークはアキトの手を強引に摑《つか》んでくる。

「おいっ、引っ張んな。自分で歩くって」

「こうでもしないと、どこに行くかわからん！　あちこち勝手に出歩きおって！」

「別にいいだろう、もう俺の宮殿も同然なんだから。あっ、じゃあな、ルキアノス！」

「はい！　アキト様、ぜひまたお手合わせを！」

ルキアノスと別れ、宮殿内に入った。廊下《ろうか》には西日が斜《なな》めに射《さ》し、二人の長々しい影《かげ》を大理石の上に作り出している。

「ルキアノスと何を話していた」

「べ、別に、大したことは話してねぇよ」

お似合いと言われたなんて、死んでも口にしたくない。

ステンドグラスを通して色とりどりの光が降り注ぐ回廊《かいろう》は、なんだかやけにまぶしかった。

「ルキアノスたちも強かったけど、もしかしてこの宮殿で一番強いのはお前じゃないのか？　リーク」

そうだ、と自慢《じまん》げに認めるのかと思えば、リークは難しい顔でアキトの言葉を否定した。

「幼きころ、余は誰よりも剣が下手だった。ガウリンに教わりまともになったが、まだまだだ」

あの腕でまだまだとは、リークの理想は果てしなく高い。他人にも厳しいが、自分にもかなり厳しい男なのだと少しだけ見直した。

ふと窓の外に、以前ドレスを着るのを手伝ってもらった侍女《じじょ》たちが見えた。乾いたシーツを、せっせと取り込んでいる。

「おーい！　リンデーンの花たちじゃないか！　おつとめご苦労様！」

ぱっと顔を上げた彼女たちは、にこにこと笑顔《えがお》を返してくれた。

「ありがとうございます、アキト様！」

「また今度遊びに行く！」

「ふふっ、必ずですよ！　お待ちしております！」

いつまでも手を振っているアキトに業《ごう》を煮《に》やしたのか、リークはアキトの腰を引き寄せて歩き始めた。せっかちな男だとリークを見やると、諦《あきら》めたような困ったような顔をする。

「貴様が来てからというもの、宮殿が騒《さわ》がしい」

「退屈《たいくつ》しないだろ？」

にやりと笑って、男の肩を拳《こぶし》で軽く小突《こづ》いた。窓から差し込む橙色《だいだいいろ》の光を虹彩《こうさい》に映し、リークが見たこともない優《やさ》しい笑みを浮《う》かべる。

「ああ、誠《まこと》にな」

心臓が一気に鼓動《こどう》を増した。青年らしい無防備なこの笑顔を、いったい何人の人間が見ただろうか。

「どうした、アキト」

「……な、なんでもねぇよ」

リークが笑っただけで胸が苦しくなるなんて、この笑顔を独占《どくせん》したいと思うなんて、どうかしている。お似合いだと言っていたルキアノスの言葉が、いつまでも甘くアキトの心を疼《うず》かせていた。


それからしばらく、リークの政務が忙《いそが》しくてまったく会えない日々が続いた。けれど本日、急に「日が落ちたら部屋に来い」と命令された。とうとう夜伽《よとぎ》でも命じられるのかと身構えたが、ふたを開ければただの晩餐《ばんさん》だ。

わざわざ専用のテーブルまで自室に運んでもらったらしい。

コンソメスープから始まり、子牛のパテ、羊肉のチョップに兎《うさぎ》のシチュー、鮭《さけ》のステーキにクリームとトリュフが添《そ》えられた若鶏《わかどり》のムース、豪勢《ごうせい》なコース料理を広々としたリークの部屋で堪能《たんのう》した。

「お前ちゃんと寝《ね》てんのか、リーク」

アキトは最後のデザートに出てきたオレンジリキュールのゼリーを食べながら、リークへ問いかける。

「問題ない。寝ている」

白々しい嘘《うそ》だ。外交に軍事、書状に謁見《えっけん》、教会の儀式《ぎしき》までぎっしりと予定が詰《つ》まっているのは明白だった。四六時中働いているリークに、少しぐらい手を抜《ぬ》けと言いたくなる。

「アキト様のおっしゃるとおりです。リーク様、少々働き過ぎではございませんか？　お見受けするに、ここのところ数日、睡眠《すいみん》時間があまりにも少な過ぎます」

脇《わき》に控《ひか》えていたレガルからも苦言が飛んできて、リークの薄《うす》い唇《くちびる》は淡々《たんたん》と反論をこぼす。

「構わぬ。いつものことだ」

「そのようなご無理を続けておられたら、お体に障《さわ》ります。今日こそはしっかり寝てください」

お喋《しゃべ》りなオウムを窘《たしな》めるような目つきでレガルを見た後、リークは次にアキトへと視線をよこした。

「アキト、この煩《うるさ》いのをなんとかしろ」

「無理無理。昔っからこれだからな」

はむっとゼリーを頬張《ほおば》る。レガルは心外とばかりに、不快の色を漂《ただよ》わせた。

「レガル、貴様はアキトのことだけを考えていろ」

「ですが――」

「まぁまぁ、ケンカすんなよ、お前らは」

アキトは他人事《ひとごと》のように笑って、食事を終えたリークの腕《うで》を摑んだ。

「なんだ、アキト」

「大人しくもう寝ろ。最近、働き過ぎだぞ、お前」

寝台《しんだい》までリークを引きずり、無理やり座らせる。

「離《はな》せ。父上が病に臥《ふ》せっている今、余がやらなければならぬ政務は腐《くさ》るほどある」

言ってることはもっともだが、リークの体が心配だ。

「お前まで体を壊《こわ》したら意味ねぇだろうが。俺だって公子だったんだぞ？　お前の仕事の手伝いくらい、いくらでもできる」

「手伝い？　ふんっ、そんなものいらぬ。貴様はその辺でお茶でもしていろ！」

相変わらずの減らず口に「ああ？」とアキトは苛立《いらだ》ちを露《あら》わにする。

「己《おのれ》の妻にすら、贅沢《ぜいたく》な暮らしをさせてやれぬ、腑抜《ふぬ》けた男にはなりたくない」

にべもなく言い捨てたリークを、アキトはぽかんと口を開けて眺《なが》めた。

「……お前、馬車馬発言はどうした」

「余が何を言おうと、何を実行しようと、余の勝手だ」

子どものようにふいっと顔を背《そむ》けられ、笑ってしまいそうになる。ああ言えばこう言う。傲《ごう》慢《まん》なくせに、真面目《まじめ》すぎる。本当にこの男は……。

アキトはリークの頭を両手で抱《かか》え込み、自身の膝《ひざ》の上に乗せた。膝枕をされた男は、綺麗《きれい》な顔が台無しになるくらい眉間《みけん》に皺《しわ》を寄せる。

「……なっ、何をする」

「はいはい。いいから、寝なさい。ほら、いい子だからな」

母親のごとくとんとんと背中を叩《たた》き、子守唄《こもりうた》を口ずさんだ。強引《ごういん》なアキトの行動に警戒《けいかい》しているのか、リークは手負いの獣《けもの》のようにアキトを睨《にら》みつけている。

「貴様、歌うな！」

「はいはい、いい子いい子」

緩《ゆる》やかにリズムを刻んで、強張《こわば》ったリークの肩《かた》を撫《な》でた。触《ふ》れれば触れるほど、なぜだか無《む》性《しょう》に優しくしてやりたいという気持ちが溢《あふ》れる。

――今は眠《ねむ》れ。愛《いと》しい子よ。頭上に吹《ふ》き荒《あ》れる風も、頬《ほお》を濡《ぬ》らす雨も、すべてを忘れて。私がそなたを抱《だ》き締《し》める。今は眠れ。愛しい子よ。

アキトの穏《おだ》やかな歌声が、静まった部屋に緩く流れる。

「……なんの歌だ」

「エアリスに伝わる子守唄だよ。いい歌だろ？」

肩、頭、頬。順番に撫でながら、子守唄を歌っていると、段々とリークの瞳《ひとみ》が閉じられていった。妹のティシアにいつもするように、優しく髪《かみ》を梳《す》いてやる。

「……余は……寝ない……、いい加減に、……しろ」

「ああ、そうかよ。わかったよ」

——今は眠れ。愛しい子よ。

何度も繰《く》り返し歌っているうちに、リークが規則正しい寝息を立て始めた。やはり、よほど疲《つか》れていたのだろう。深い眠りについたのか、眉《まゆ》ひとつ動かさなくなった。唇も半分開いている。あどけない寝顔を観察し、アキトはうんうんと満足げに微笑《ほほえ》んだ。

「見ろよ、レガル。こいつ、寝たらこんなに可愛《かわい》いのになぁ」

普段《ふだん》は人間離《ばな》れした美しさを誇《ほこ》っている男だが、力の抜けたその表情はあまりにも幼い。アキトは頬にかかったリークの黒髪《くろかみ》をかき上げ、「おやすみ。アルファの王子様」と囁《ささや》いた。

「すっかり絆《ほだ》されましたね。アキト様」

「ばっ、馬鹿《ばか》、誰《だれ》がっ——！」

急に立ち上がろうとしたせいで、リークの頭がアキトの膝から落ちそうになる。慌《あわ》ててアキトは、リークの後頭部を支えた。

リークは一瞬《いっしゅん》不快な表情をした後、また静かに息を吐《は》き出す。真っ赤な顔で、レガルを睨みつけた。

「お前、変なこと言うなよ」

「少なくとも私はリーク様の寝顔を見て、可愛いとは思いませんので」

すやすやと眠るリークに視線を落とす。途端《とたん》に心臓を忙《せわ》しなくさせるこの思いは、いったい何なのか。

「まぁ、強引で冷酷《れいこく》で嫌味《いやみ》ったらしくて最高に嫌な奴《やつ》だが……嫌《きら》いではない、かもしれない、という可能性を若干《じゃっかん》残している……みたいな？」

「まどろっこしい」

言われなくても、そんな の自分が一番よくわかっている。

「では、私はこれで失礼致《いた》します。両殿下《でんか》、楽しい夜を」

恭《うやうや》しく頭を下げたレガルの唇には、からかうような笑《え》みが浮《う》かんでいた。

「ちょ、ちょっと待て、レガル！」

アキトが弁解する前に、レガルはさっさと部屋を出て行ってしまった。

結局その夜、アキトはリークの部屋で朝を迎《むか》えた。レガルの言葉について思い悩《なや》んでいるうちに、ついつい男の隣《となり》で寝てしまっていた。

日の出と共に目覚めたアキトは、しばらくぼうっとして、隣で眠るリークを見つめていた。レガルはそう思わないらしいが、どう見ても寝ているリークは可愛かった。

俺は頭がおかしくなってしまったんだろうか。考え込んでしまったアキトは、「うー」と唸《うな》り声を上げる。

それから少しして、リークがまぶたを開けた。十分に睡眠《すいみん》をとったおかげか、昨日よりも顔色がいい。黒い瞳が鋭《するど》く細まる。リークから説教を聞かされる前に、アキトはリークの背中をばんばんと叩いた。

「どうだった、俺の子守唄は。ぐっすり眠れただろう？」

「ぐっすりどころか、これでは寝坊《ねぼう》だ！　まあ、確かに体は軽いが……。おい、アキト。貴様、何を笑っている」

本当はリークの後頭部にある寝癖《ねぐせ》を笑っていたのだが、アキトは「なんでもねぇよ」と寝台から降りた。

「リーク、今日も頑張《がんば》れよ」

親指を立てて笑うアキトに、リークは不思議そうに眉根を寄せている。うん、だめだ、やっぱ可愛い。

その日以来、アキトは夜になるとリークの部屋に入り浸《びた》った。

「貴様、なぜここにいる」

「お前の妃《きさき》だからな。夫の体調管理は妃の仕事だろ？」

毎度毎度、言い訳のようにそう口にし、子守唄を歌って男が寝るのを確かめる。そのうち自分の部屋に戻《もど》るのが億劫《おっくう》になり、リークの部屋で眠るようになった。

絆されたかどうかは知らない。だが、誰かが止めなければ、延々と仕事に勤《いそ》しむ生真面目《きまじめ》な青年を、どうしても放《ほう》っておけなかった。

それから、もうひとつ変わったことがある。アキトとレガルのしつこい説得により、半分とはいかないまでもリークの仕事を手伝えるようになった。これでリークも、少しは休めるだろう。

「……あの子守唄を歌え」

膨大《ぼうだい》な書状の整理を終えた後、リークは仏頂面《ぶっちょうづら》で言う。

アキトは机の上の書類を片付けながら、にやっと口元を上げた。最近、ようやくわかったが、これは不器用な男の精一杯《せいいっぱい》の甘え方だ。

「なんだよ。やっぱ、気に入ったんじゃねぇか」

「ふんっ、あれほどまでに下手くそな子守唄は、滅多《めった》に聞けないからな」

悪口を言う割には、もう寝台《しんだい》の上で横になっている姿がいじらしかった。笑いを堪《こら》えるのに苦労しながら、リークが寝ている寝台のシーツに潜《もぐ》り込む。

――今は眠れ。愛しい子よ。

艶《つや》のある長い黒髪を梳き、子守唄を歌った。

「貴様は本当に歌が下手だな。この国で一番の音痴《おんち》も泣いて逃《に》げ出すほどだ」

「黙《だま》って聞け。クソアルファ」

口では互《たが》いに罵《ののし》り合っていても、リークの顔には隠《かく》しきれない笑みが浮かんでいたし、アキトも男のために歌うのはとても楽しかった。

本当に妙《みょう》な関係だ。アルファの妃になったはいいが、体の交わりもなく、こうして毎晩夜を共にしている。

いつもすぐに眠りにつく男は、今日はなかなか寝なかった。

まっすぐなリークの視線がアキトを射貫《いぬ》き、胸が早鐘《はやがね》を打つ。リークからしか感じない独特なアルファの香《かお》りが鼻腔《びこう》をくすぐり、安らぎとは正反対の欲望が、ほんのわずかに体の奥底で疼《うず》いた。

リークの手が、アキトの髪に優《やさ》しく触れる。そのまま頬から唇《くちびる》へ、指先が移動する。何も言わないリークは、そうやってしばらくアキトの唇の感触《かんしょく》を確かめるようにしていた。

「……リーク？」

まるで何かを迷っているかのごとく、リークの瞳が一瞬だけ揺《ゆ》れる。

「なんでもない。……続きを歌え」

ぱっと手を離《はな》され、呆気《あっけ》にとられた。口づけ、されるかと思った。……そういえば、婚礼《こんれい》の儀《ぎ》以来、この男とそういうことをしていない。よせばいいのに、意識すると胸が馬鹿みたいに鳴り始めた。これでは、心のどこかで触れられるのを期待していたみたいではないか。

どれだけ子守唄《こもりうた》を歌っていたのか、リークは目を閉じたまま動かなくなった。その姿を相変わらず「可愛い」と思う自分に、アキトは大いに戸惑《とまど》っていた。

認めたくはない。だが、少しずつ深みにはまり始めている。

リークからそっと離れ、大きく伸《の》びをした。一日中、書類とにらめっこをしても苦にならないが、どうも体がなまってしまう。

たまには息抜《いきぬ》きも必要だろう。アキトはある妙案を思いついて、人知れずほくそ笑んだ。

意気揚々《いきようよう》と身支度《みじたく》を調《ととの》える。スカーフを頭に巻き付け、音を立てずに部屋から出ようとしたところで、いかにも機嫌《きげん》の悪そうな低い声が耳に飛び込んできた。

「貴様、どこへ行く」

ビクンと肩《かた》が揺れる。まだ問題を起こしたわけではないが、後ろめたさが足元に絡《から》みついていたたまれなくなる。

「……お前、寝てなかったのかよ」

「質問に答えろ。どこへ行こうとしている」

「その辺に……」

「その辺とは、どの辺だ！」

「べ、別に……」

「さっさと行き先を申せ！」

「ま、街だよ、街！」

横になっていた体を素早《すばや》く起こし、信じられないと言いたげな瞳《ひとみ》でリークはアキトを非難した。

「王族であり、しかもオメガである貴様が、夜にフラフラと街をうろつくなど、言語道断だ！」

「いや、だからこうやって変装はしてるだろ！　それにお前も知ってんじゃねぇか……俺は発情しないって。ほら、見ろよ。いざって時の薬も持ってる。エアリス公国の抑制剤《よくせいざい》は世界一だからな」

エアリス公国の医療《いりょう》がどれだけ発達しているか、いかにオメガが生活しやすい環境《かんきょう》かを力説していると、リークは「もうよい！」とアキトを止めた。

「貴様は……いつも斜《なな》め上の行動をとる」

お前にだけは言われたくない。唇を尖《とが》らせて憤慨《ふんがい》するアキトに向かって、リークは切れ長の目を眇《すが》める。

「すぐに着替《きが》える。そこで待っていろ」

これではどっちが年上だか、わかったもんじゃない。

宮殿《きゅうでん》をこっそり抜《ぬ》け出すのは、なかなか刺激《しげき》的だった。わくわくした気持ちで舗装《ほそう》されたレンガの道を歩いていると、寒さも忘れる。

今日は祭りでもあるのだろうか。店先にはリンデーン王国の紋章《もんしょう》が描《えが》かれた旗が所狭《ところせま》しと掲《かか》げられ、夜だというのに通りには多くの人がいた。賑《にぎ》やかな広小路を進みながら、アキトは言う。

「つーか、なんで来たんだよ」

「うるさい。余の勝手であろう」

まるで幼い子を見守る保護者だ。ぴったりとついて来るリークを横目で見やり、アキトは酒場の中でも一番繁盛《はんじょう》していそうな店の扉《とびら》を開いた。

混雑している人の波をかき分けて進み、ようやくふたつだけ空いている席を見つける。

「なんと騒《さわ》がしい店だ」

「そうか？　こんなもんだろ、酒場なんて」

よく城から抜け出していたアキトからすれば、庶民《しょみん》の賑やかな雰囲気《ふんいき》のほうが落ち着く。すっかり馴染《なじ》んでいるアキトに比べ、フードを被《かぶ》って変装をしてはいるが、リークの品のよさは明らかに店から浮《う》いていて、噴《ふ》き出しそうになってしまった。

忙《いそが》しく駆《か》け回る店主を捕《つか》まえ、店のおすすめを聞く。リンデーンの名物である料理や酒がテーブルに次々と運ばれると、興醒《きょうざ》めした様子でリークがつぶやいた。

「こんなもの……給仕《きゅうじ》に頼《たの》んで、宮殿で食せばいいだろうに」

「馬鹿《ばか》だなー、お前。ここで食べるからうまいんだよ」

いい匂《にお》いのするソーセージとじゃがいものスープを、さっそく頬張《ほおば》る。夜道を歩いて冷えた体に、スープの温かさがじわじわと染《し》みた。

「あー、うまい！　リーク、お前も食べろよ」

「余はいらぬ」

アキトの性格上、拒否《きょひ》されるとますます食べさせたくなる。

「遠慮《えんりょ》すんなよ！　ほら、あーん！」

ぎょっとするリークの口に、木のスプーンを押し込める。喉仏《のどぼとけ》が大きく上下するのを確認《かくにん》してから、「どうだ？」と聞くと、リークはむっつりとした表情を浮かべた。

「……悪くはない」

リークの悪くないは、おいしいと同義語だ。

「ははっ。そうか、それはよかったな」

遅《おそ》い夕餉《ゆうげ》をとってから、今度は街中をブラブラと物色する。ひときわ賑わっている通りを覗《のぞ》くと、出店の男に声をかけられた。

「そこの兄ちゃんたち！　ランタン、買っていかないかい？」

「ランタン？」

声をかけてきた店主の隣《となり》には、店主の子どもらしき男の子がいた。少年は、にこにこと紙でできた楕円《だえん》形の何かを掲げている。

「これだよ！　ここに火がつけられるんだ！」

どうやらランタンの下には小さなろうそくが付いているらしい。アキトは一生懸命《いっしょうけんめい》説明する少年から、そっとランタンを受け取った。

「へぇー、すげぇな。これは羊皮紙じゃないよな。いくらだ？」

「ひとつ、銅貨一枚だよ」

「嘘《うそ》だろ！　安すぎる！　俺の祖国じゃあこの大きさの紙を買うのに、どれだけの金が必要か」

感動してランタンを隅々《すみずみ》まで凝視《ぎょうし》しているアキトの横で、リークが淡々《たんたん》と述べる。

「フィラネの樹皮を使っているからな。安価で、しかも量産できるのだ」

「フィラネの花は薬にもなるし、樹皮は紙にもなるってわけか。エアリス公国の奴《やつ》らにも教えてやりたいな。……で？　このランタンをどうするんだ？」

少年は自慢《じまん》げな笑《え》みで、ランタンの真ん中を指差した。

「ここに願い事を書いて火をつけるんだよ！　熱くなった空気は冷たい空気よりも軽いから、空を飛ぶんだ！」

明るく喋《しゃべ》る少年につられて、アキトまでも笑顔になる。

「物知りだなぁ、君は。これを飛ばすのに何か意味はあるのか？」

「もちろん、あるよ！　今日は聖アルファ祭なんだ！」

聖アルファ祭とは、アルファの神に向けてランタンを飛ばし、今年一年の感謝を伝え、そして新しい年の健康と幸福を祈願《きがん》する祭りらしい。

「面白《おもしろ》いな。ふたつくれよ」

銅貨を二枚渡《わた》すと、「まいどありっ！」と威勢《いせい》よく店主が笑った。

「君はどんな願いを書いたんだ？」

顔を覗き込んで聞いたアキトに、少年はぽっと顔を赤くする。そして照れ隠《かく》しのように、出店のカウンターに置いてあったランタンを、ぐいっと差し出した。

「これが君のランタンか。どれどれ～？　えーと、オメガの妃《きさき》が、リーク殿下《でんか》と別れますように……。へっ？」

アキトは、思わず口をあんぐりとさせる。店主はげらげらと笑って「確かになぁ！」と少年の頭を乱暴に撫《な》でていた。

「ほんとにそうだよ！　だって、オメガは悪魔《あくま》なんだもん！」

まさか民衆にまで、このような考えがはびこっているとは……。

君の目の前にいるお兄さんが、その悪魔だよ。なんて言えるわけもなく苦笑《くしょう》していると、少年はしょんぼりと背を丸めて、ランタンをじっと見つめる。

「ぼく、リーク殿下が好きなんだ。格好よくて強くて。この前の戦争でもすごかったんだよ！　敵をみぃんなやっつけちゃったんだ。……でも、なんでリーク殿下は、オメガとなんか結婚《けっこん》したんだろう」

「……おい、貴様」

リークの瞳の中に小さな怒《いか》りの炎《ほのお》を見つけて、アキトは慌《あわ》ててリークの腕《うで》を摑《つか》んだ。こんなところで少年相手に言い争いをしてもしょうがない。

「いやぁ、本当にいいランタンだな、これは！」

陽気な声で話題を変えたアキトに、店主は得意げに話し始めた。

「そうだろう？　アンタはお目が高いねぇ。……しかし、隣の兄ちゃんも格好いいが、アンタも綺麗《きれい》な顔してるなぁ。褐色《かっしょく》の肌《はだ》で、とてもいい匂いがするし……どこの国から来たんだい？　ん……待てよ？　なんだか……見覚えが……」

首を捻《ひね》った店主の態度にどぎまぎして、アキトはスカーフを深く被《かぶ》りなおした。

比較的《ひかく》身分の高い一部の民衆にしかアキトの実物は知られていないが、リークと結婚した際、アキトの似顔絵は街の至るところで配られていたはずだ。

「さて、そろそろ行くか！　ありがとな、また会おう！」

人もまばらな川沿いの橋まで来て、アキトはけらけらと笑う。

「いやぁ、危なかったな。ここまで来れば平気だろ」

はぁ、と白い息を吐《は》き出した。さっきからリークは、静けさに身を委《ゆだ》ねるようにして黙《だま》り込んでいる。

「辛気《しんき》くせぇぞ、リーク！」

「……自分の妃を侮辱《ぶじょく》されて、喜ぶ夫がどこにいる」

「おい、こら。お前だって悪魔だなんだの散々言ってるだろうが」

「余は問題ない。貴様の夫だからな」

どういう理屈《りくつ》だ。ふはっと笑って、アキトはリークの頭をフード越《ご》しに撫でた。仏頂面《ぶっちょうづら》をされても、鋭《するど》く睨《にら》まれても、最近は憎《にく》めないから、本当に困る。

「ちょっと待ってろ、リーク」

急いで近くの店で羽根ペンとインクを買い、リークのところへと戻《もど》った。かじかんだ手でランタンに文字を書いてから、「見ろよ」とリークに向ける。

『リンデーン王国とエアリス公国のますますの繁栄《はんえい》を願って――アキト・ヴァルテン』

口を結んだリークは、まだ難しそうな顔をしている。

アキトはなんだか無性《むしょう》にリークを愛《いと》おしく感じる自分自身に驚《おどろ》きながら、ランタンとペンを差し出した。

「ほら、お前も書けって！　……なんだよ、書かねーの？　よし、俺が書いてやる」

いつまでも冴《さ》えない表情をしているリークに代わって、さらさらと羽根ペンを動かす。

「ほら、これでどうだ？　『天高く勃起《ぼっき》しますように――リーク・ヴァルテン』」

アキトがしたためた文章を見て、男はぎょっとした様子で声を荒《あら》らげた。

「き、貴様、勝手に……！」

「死活問題だろ？」

いたずらっ子の笑みで片方の瞳《ひとみ》を閉じると、リークがふんっ、と鼻を鳴らす。

「貴様こそ、『発情しますように』と書いたほうがよかったのではないか？　それに『酒癖《さけぐせ》と口の悪さ』、あとは『寝相《ねぞう》がよくなりますように』も付け加えておけ」

「ははっ！　お前、レガルに似てきたぞ！」

こうして気兼《きが》ねなく、取るに足らない話をするのはとても楽しかった。

今度は広場へ向かい、民衆に紛《まぎ》れて、火付け役へランタンを手渡す。火が点《つ》けられたふたつのランタンは、ゆっくりと空へ向かって飛んだ。ほどなくしてほかのランタンと交じり合い、どれが自分たちのものかわからなくなる。

「すげぇ綺麗……」

ひしめき合うように夜空へと昇《のぼ》っていく数多《あまた》の光は、まさに圧巻だった。

街が淡《あわ》い光に包まれる。その煌《きらめ》きは、なぜだかアキトに遠い故郷を思い出させた。国に残した兄弟たちは元気でやっているだろうか。兄弟たちの声が恋《こい》しい。

急に感じた心細さを振《ふ》り切るように、リークの外套《がいとう》に触《ふ》れる。

リークはちらりとアキトに目をやり、「寒いのか」と見当違《けんとうちが》いなことを聞いた。

「ちげぇよ、馬鹿《ばか》」

ただ少し……弱気になっただけだ。苦笑して夜空を見上げていると、肩《かた》に温《ぬく》もりを感じた。

「着ていろ」

それがリークの外套だと理解するのに、だいぶ時間がかかってしまった。

「いいよ、お前が寒いだろ」

「余はアルファだ。軟弱《なんじゃく》な貴様とは、体の作りからして違う」

皮肉の中に隠された不器用な優《やさ》しさが、心臓にじわじわと効いた。

ああ、やめろよ、馬鹿。ほんとに泣きそうになるじゃねぇか。鼻の奥がツンとする。柄《がら》にもなく、礼も告げられずにうつむいていると、ふと頬《ほお》にひやりとした感触《かんしょく》があった。

アキトは指先で頬に触れ、夜空を仰《あお》ぐ。ランタンをすり抜《ぬ》けて、白く小さな結晶《けっしょう》がふわりふわりと落ちてきていた。

「あ、……雪だ！　なぁ、リーク、雪だろ、これ！」

振り向いて笑ったアキトに、リークは呆《あき》れたように瞳を弧《こ》にした。

「何をそのようにはしゃぐ。珍《めずら》しいものでもあるまい」

「エアリスからすると珍しいんだよ！　あっちは雪がまったく降らないからな！」

ランタンに照らされて光る粉雪に、アキトは興奮して手を伸《の》ばした。砕《くだ》けたガラスのようにきらきらと手のひらに落ちてくるそれは、アキトの熱ですぐに形を変える。

ここはアキトの祖国ではない。けれど、ランタンも雪も、本当に綺麗で、それに、……冷酷《れいこく》で嫌味《いやみ》な奴だが、どうしても憎みきれない旦那《だんな》もいる。ふ、と肩の力が抜けて、笑みがこぼれた。

「ぬくぬくと城壁《じょうへき》の中だけで暮らしていたら、こんな景色想像もつかなかった。お前の国には、学ぶものがたくさんあるな、リーク」

一瞬《いっしゅん》、ひどく驚いた顔をしたリークは、なぜか苦しそうに顔を歪《ゆが》める。

「オメガを蔑《さげす》むアルファの国でも、か？」

「そんなの関係あるかよ。いいものはいい。……まぁ、俺らのことはいずれ否《いや》でも認めてもらうつもりだけどな」

空に浮《う》かぶ無数のランタンは、リンデーン王国に住むすべての者の希望だ。どんな願いを込めたのだろう。縁《えん》があって嫁《とつ》いだこの国のために、自分は何ができるのだろう。

温かなリークの外套を胸の前で交差させ、アキトは白い息を吐き出した。

「お前の……いや、俺たちの国は本当に綺麗だな、リーク」

かすかにリークが笑った気配がする。「なんだよ」とアキトが唇《くちびる》を尖《とが》らせると、リークは「いいや」と口角を上げた。

「実は余もこんなに間近で見るのは初めてだ。聖アルファ祭は庶民《しょみん》のものだからな」

「ほーらよかったなぁ。俺に付いてきて」

冗談《じょうだん》ぽく言ったアキトに、リークは慈《いつく》しみを含《ふく》んだようなまなざしを向けた。まるで愛を告げられていると勘違《かんちが》いしそうな熱い視線にたじろぐ。

「昔、とある絵本を読んでもらった」

唐突《とうとつ》なリークの言葉に、アキトは「絵本？」と首を傾《かし》げた。

「そうだ。『悪魔のオメガ』という題名だった」

「……ひでぇ題名だな」

幼い子どもに読み聞かせる絵本にすら、オメガへのあからさまな偏見《へんけん》が隠《かく》されている。

「オメガがアルファの王子を誘惑《ゆうわく》して、国を滅《ほろ》ぼそうとする話だ。結局、オメガによってアルファは狂《くる》い、国を追われ、最後は骨すらもオメガに食べ尽《つ》くされて死ぬ」

「つまんねぇ作り話だな」

「そうだな。今思えば、ただの作り話だ。だが、……幼きころ、侍女《じじょ》に読んでもらった余は、誠《まこと》に恐《おそ》ろしくて夜も眠《ねむ》れなかった」

比喩《ひゆ》として書かれたのかもしれないが、オメガがアルファを食べるなんて、絶対にありえない。けれど、もし子どもだったら信じるかもしれない。まして実際にオメガを見たことがなければなおさらだ。

「今も俺が怖《こわ》いのか、リーク。夜におしっこチビるなよ」

「まったく、貴様は。……余を誰《だれ》だと思っておるのだ」

「はいはい、天下のアルファ様だろ」

静かな微笑《びしょう》を浮かべたリークに、胸がどきりとする。環境《かんきょう》が違うせいだろうか。目の前の男がいつも以上に格好よく見えた。

戸惑《とまど》いを隠してアキトがランタンに視線を移すと、リークはアキトの顔をじっと見つめてきた。

「どうしたんだよ、リーク」

「貴様は誠に美しい」

「……な！　なんだよ、急に」

そっちのほうが綺麗《きれい》じゃねぇか、という言葉はぐっと飲み込んだ。

願いが込められたランタンは、ゆっくりと空へ上がってゆく。すぐ近くから色濃《いろこ》く感じるリークの匂《にお》いに、止める手立てもなく体が熱くなった。

祭りの喧噪《けんそう》の中、アキトはごくりと唾《つば》を飲み込む。誰しもが今は、夜空に浮かぶ希望の光を目で追っていて、見つめ合う二人の男など気にも留めていないだろう。

「余は愚《おろ》かであった」

最初は聞き間違いかと思った。アキトはリークの真意を測りかねて、声を詰《つ》まらせた。

「貴様を正妻として迎《むか》えてから、ずっと考えていた。オメガとは悪魔《あくま》でも、まして淫乱《いんらん》と蔑まれる存在でもない。恥《は》ずかしい話だが、この齢《よわい》になって、余は貴様から学んだ」

胸が熱くなる。初めてリークに、オメガの存在を認めてもらえた。

「……お前、熱でもあんのかよ」

焦《あせ》ったアキトの口から可愛《かわい》げのない言葉が出ても、リークは特に気にした様子もなく続けた。

「母上は庶民の出というだけで、いわれのない中傷を受けて亡《な》くなった。皮肉なものだな。あれだけ憎んできた者たちと同じことを、貴様にしていた。本当に悪かった、アキト」

あのリークが謝罪を述べている。驚《おどろ》くよりも先に、なぜか心臓が絞《しぼ》られたように痛んだ。今まで彼が隠していた悲しみが心に流れ込んでくるようで、どうしようもなく胸を乱される。

「い、いいって別に……！　お前も色々あったんだろうし、俺は気にしてねぇから」

石でも飲まされたみたいに、それ以上の言葉が出ない。リークより何年も早く生まれたというのに、自分のふがいなさをまざまざと感じた。

「先代のアルファたちがオメガを悪魔だと言い聞かせ、傅《かしず》かせてきたのは、おそらく恐ろしかったからだ。発情したオメガに理性をなくして、屈服《くっぷく》する己《おのれ》を認めたくなかったのだろう」

これ以上ないくらい真剣《しんけん》なリークの目に、心を奪《うば》われる。心臓がうるさい。気恥《きは》ずかしくて目を逸《そ》らしたいのに、交わった瞳《ひとみ》をどうすることもできない。

「いやぁ……そうか。わかってもらえてよかったっつうか……なんつうか……。初めてお前がまともに見えるわ」

照れ隠しのアキトの言葉を聞き、リークが横柄《おうへい》な態度で顎《あご》をしゃくった。

「余は、最初からまともだが」

いつものリークの調子に戻《もど》り、アキトはほっとした。

「はぁ？　よく言うよ。お前がまともなら、全世界の人間がまともだ」

急に妾《めかけ》になれと命令されたり、約束を破談にされたり、靴《くつ》を舐《な》めさせられたり、かと思えば今度は正妻になれと命じられた。信じられないくらいの傲慢《ごうまん》さで、アキトはここまで連れてこられたのだ。思い出したら腹が立ってきて、リークの胸を拳《こぶし》で叩《たた》く。

「ほんとにひでぇやつだよな、お前は！」

「貴様こそ、口が減らぬ妃《きさき》だ。なんと憎《にく》らしい」

「リーク殿下《でんか》、お詫《わ》びにまた靴を舐めて差し上げましょうか？」

「結構だ。今は間に合っている」

アキトが肩《かた》を揺《ゆ》らして笑うと、微笑みを返すようにリークも瞳を弧にした。なんだかいつにも増して空気が甘く感じられる。

「その不遜《ふそん》な唇は、余が直々に塞《ふさ》いでやることにした」

「塞ぐって……？」

唐突に腰《こし》を引き寄せられ、言葉を失った。まるで花火のように心臓が騒《さわ》がしく鳴っている。段々と近づくリークの気配に、アキトはゆっくりと瞳を閉じた。

「……ふっ……ンん」

久しぶりに触《ふ》れ合ったそこは火傷《やけど》しそうなくらい熱かった。高揚《こうよう》した気分のままリークの舌先を迎えにゆく。捕《つか》まえ、絡《から》まり、離《はな》れ、そして今度は自分が捕《と》らえられる。駆《か》け引きを繰《く》り返すふたつのそれは、まるで意思を持った生き物みたいだと思った。

「アキト」

リークに優《やさ》しく名前を呼ばれただけで、ふつふつと沸《わ》きあがって来るこの感情はなんだ。わからない。わからないけれど、……まぶたの裏には淡《あわ》いランタンの光がずっと灯《とも》っている。


朝の日差しが窓から差し込み、リークの闇《やみ》色の髪《かみ》を艶《つや》めかせた。服を脱《ぬ》ぐと現れる屈強《くっきょう》な筋肉は、何度見ても惚《ほ》れ惚《ぼ》れする。白く美しいリークの肌《はだ》に、若い娘《むすめ》の指先が触れた。その瞬間《しゅんかん》、胸が捻《ねじ》れるような痛みを訴《うった》える。

「──アキト様、私の話を聞いておられますか？」

苛立《いらだ》ちを含んだ声が耳元に届き、はっとしてレガルを見た。

「ああ……悪い」

ぽつりとつぶやいて、寝台《しんだい》に寝《ね》ころんでいた体を起こした。先ほどまで本日の予定を事細かに説明していたレガルは、ため息交じりにアキトへ問いかける。

「何をそんなに呆《ほう》けているのです」

首の裏をぽりぽりとかき、今まで見ていた光景を顎先で示した。

「あれだよ、あれ」

レガルが視線をやった先には、半裸《はんら》になったリークと御用《ごよう》商人の男、さらにはうら若き娘がいた。

今度の舞踏《ぶとう》会で着る正装を仕立てるために呼ばれたらしい。光沢《こうたく》のあるシルクの生地《きじ》やビロードの布地をリークの肌に載《の》せて、あれこれ測っている。

「リーク様が採寸なさっていますが……それが何か？」

「お前、何にも感じねぇのかよ」

「特には何も」

レガルは不審《ふしん》そうに首を傾《かし》げて、アキトへ視線を戻す。胸の中に深い霧《きり》がかかったみたいに、もやもやとした感情がくすぶっている。

「ちょっと近すぎだろ、とか。じっと見つめすぎだろ、とか。やっぱ女がいいんじゃねぇか、とか。俺のほう見ろばーか、とか」

予想もしていなかったのだろう。レガルはしばらく絶句していた。そして、ごほんと咳払《せきばら》いをひとつして、「残念ながら、私はまったく思いませんね」と吐《は》き捨てる。

「やっぱ、そうだよなぁ……」

胸の中に居座っているこの思いは、他《ほか》でもないアキトだけのものだ。答えは簡単に得られたが、認めるのは大層難しかった。

リークと同じ年頃《としごろ》だと推測される御用商人の娘は、まるでおとぎ話のお姫様《ひめ》のように、人目を引く愛らしさと上品な美しさを兼《か》ね備えていた。リークと並んでいると、本当の夫婦《ふうふ》のようだ。見ているだけで、なんだかむしゃくしゃする。

「あー っ……クソッ！」

いてもたってもいられず、髪を両手でかき混ぜた。すると、こちらに気づいたリークが、

「もうすぐ貴様の番だ。大人しくしていろ」

と、呆《あき》れたような声を出す。

どうやらアキトが待ちくたびれて焦《じ》れていると思ったようだ。相変わらず鈍《にぶ》い男に、自嘲《じちょう》めいた笑《え》みが漏《も》れる。

「レガル。俺、リークのこと……好き、になっちまったみてぇだわ」

小さな声で打ち明けたアキトを、一驚《いっきょう》したようにレガルは見返した。

「他の人間がアイツに触《さわ》ってんの、すげぇイライラする」

ほら、また触られている。娘はリークの美しさに魅了《みりょう》され、頬《ほお》を赤らめていた。時折、リークの肌に触れた娘の肩が、弾《はじ》かれたように揺れているのをリークは知っているのだろうか。涼《すず》しい顔で、惜《お》しげもなく体をさらけ出しているリークが恨《うら》めしい。

触りたい、あの肌に。触って、舐めて、自分だけのものにして……、そして、リークだけのものになりたい。あの骨張った手で、アキトの体に触れてもらえたらどんなにいいだろう。報《むく》われない妄想《もうそう》は尽《つ》きることがない。

「くそったれ、リーク。お前は俺の夫だろうが」

アキトが明らかな嫉妬《しっと》心と独占欲《どくせんよく》を露《あら》わにすると、いよいよレガルの顔に驚きの色が浮《う》かぶ。

「アキト様、惚気話《のろけ》でしたら、どうぞ余所《よそ》でお願い致《いた》します」

至極《しごく》どうでもよさそうなレガルの態度に、アキトはいじけて再び寝台へと寝ころんだ。

「そんなんじゃねぇっつの！」

惚気るレベルにも達していない。リークが好きだと自覚したのはいいが、相手の気持ちはさっぱりわからないのだから。

もともと二人の結婚《けっこん》は、リークがアルファとしての体裁《ていさい》を整えるためだけのものだ。嫌《きら》われてはいないだろう。だが、それ以上の感情が相手にあるかは微妙《びみょう》だ。

今までの口づけだって、ただの気まぐれだと言われれば、妙《みょう》に納得《なっとく》する自分がいる。ああ、本当に報われない。妃という立場なのに片思いとは、いったいどういうことだ。

それから日が暮れるまで、アキトは悶々《もんもん》としていた。夜になり、リークの部屋でいつものように子守唄《こもりうた》を歌っていると、途中《とちゅう》で遮《さえぎ》られた。

「どうした。疲《つか》れたのか、アキト」

「……いいや」

「声がいつもと違《ちが》うが」

「そんなことねぇだろ」

なんとかごまかそうとするアキトに、リークはなおも詰《つ》め寄る。

「余の勘《かん》を舐めるな。先ほども浮かない顔をしておっただろう」

御用商人の娘に嫉妬していました、とは口が裂《さ》けても言えない。アキトは寝台で横になっているリークの隣《となり》に座って、

「ちょっと考えごとをしてただけだって」

とへらりと笑い、お茶を濁《にご》した。リークがまだ納得がいかない顔をしていたので、アキトは唐突《とうとつ》に話題を変える。

「そういえば、知っているか、リーク。エアリスの古い言い伝えには『運命の番《つがい》』の伝説があんだよ」

「『運命の番』？　聞いたことがないが」

「——運命の番がこの世にたった一人いる。昔、俺が読んだ絵本には、確かにそう書かれてた。

運命の番であるアルファとオメガは、誰《だれ》にも邪魔《じゃま》できない強い絆《きずな》で結ばれてるんだってよ。番《つが》った瞬間に、運命の相手だと気づき、一生その相手を一途《いちず》に愛し続ける」

リークは息だけで笑って、アキトの瞳《ひとみ》を射貫《いぬ》いた。

「馬鹿馬鹿《ばかばか》しい」

手放しで信じるとは思っていなかったが、それでも真っ先に否定されて少しだけ傷ついた。

「本当か嘘《うそ》かは別にして、……俺はロマンがあると思うけどなぁ」

もしも運命という大義名分があれば、リークの恋愛《れんあい》感情など関係なしに結ばれるのだから。

ふとリークは、苛立った様子でアキトの顎先《あごさき》を乱暴に掴《つか》んだ。急に触れられて、どくんと心臓が大きく跳《は》ねる。

「運命の番でなくとも、貴様は余の妃であるのを忘れるな」

搦《から》め捕るような視線を注がれ、たまらず頬が熱くなった。

「帰りたいか、祖国へ」

「……は？　なんでそうなるんだよ。誰もンなこと言ってねぇだろ」

「今日の貴様は妙だからだ」

リークを好きだと自覚し、意識し始めたアキトを、「妙だ」と言ってのけるリークは、なんと救いようのない鈍感野郎《どんかんやろう》なのだろうか。閉口しているアキトに何を思ったのか、リークは小さく息を吐く。

「このような言い方しかできぬが……余は、これでも貴様を気にかけておるのだ」

「いや、それは……ありがてぇけどさ」

的を射たものではないが、リークなりにアキトを思いやってくれているらしい。喜ぶべきか、はたまた悲しむべきか。アキトが迷っていると、リークは真剣《しんけん》な顔をする。

「この国のオメガへの印象は劣悪《れつあく》だ。しかし、エアリスの医療《いりょう》技術の高さからしても、オメガが優秀《ゆうしゅう》であるのは明白だろう」

もっともだと思い、こくりとアキトは頷《うなず》いた。

「すぐに意識を変えるのは無理かもしれぬ。だが……いずれ変えてみせる」

少しの濁りもなく澄《す》みきった黒い瞳が、アキトの内側をざわざわと波立たせる。この男が言うと、どんな絵空事でも本当になってしまいそうだ。

「明日、議会がある。そこで余はリンデーンや従属国が、オメガたちを平等に扱《あつか》うよう、法を制定しようと考えている」

「そ、そんなこととして大臣たちは大丈夫《だいじょうぶ》なのかよ……！」

気持ちは非常に嬉《うれ》しいが、大臣たちに認めてもらうまでにどれだけの労力がかかるか、想像しただけで気が遠くなる。

「もうすでに主要な大臣らには手を回しておる。いずれ国交も機能させよう。そうなれば、貴様もエアリスへ自由に里帰りできるだろう」

アキトはぽかんと口を開けて、何回も目をしばたいた。

「リーク、お前は……本当に……」

「余計なお世話だったか、アキト」

「馬鹿！　違うっつの！　嬉しいよ！　……すげぇ嬉しい！」

涙《なみだ》が出そうで、アキトは顔を見られないようううつむいた。まさかそこまで真剣に、アキトを思ってくれていたとは……。

柄《がら》にもなく緊張《きんちょう》していたのか、リークは安心した様子でふっと浅い息を吐き出した。

この男は何でもかんでも極端《きょくたん》すぎるのだ。そんなにいっぺんにことを進めたら、過労で倒《たお》れてしまいそうで怖《こわ》くなる。

「リーク、無理すんなよ。頼《たの》むから夜はちゃんと寝《ね》てくれ」

泣きそうな思いでアキトが乞《こ》うと、リークは普段《ふだん》どおりの意地の悪い笑みを浮かべた。

「貴様の下手くそな子守唄があれば、問題ない」

ふはっ、と笑いが漏れる。

「はいはい。旦那《だんな》様のためなら、いくらでも歌ってやるよ」

3　バラ病

リークの思惑《おもわく》どおり、先の議会でオメガの人権を謳《うた》ったオメガ法が制定された。それに伴《ともな》って、エアリス公国との国交も段階的にではあるが、進められる運びとなった。表面上はとても穏《おだ》やかな日々が続き、何もかもうまくいっているように思えたある日のことだ。

その日の朝、国王ザランはアキトたちの謁見《えっけん》を望んだ。

ザランが養生している部屋へと繋《つな》がるらせん階段を、アキトはいつになく重苦しい気持ちで上っている。国王陛下がオメガのアキトを受け入れてくれるのか、そんな不安ももちろんあった。だが、今は何より、思いつめた顔をしているリークが心配でしょうがなかった。

今日は一段と冷え込んでいて、ふと窓の外に目をやれば雪が休みなく降っている。

「ザラン王はそんなにお体が悪いのか、リーク」

「ああ……ガウリンの見立てだと、もって数日だそうだ」

リークの声が、いつもより強張《こわば》って聞こえる。

「そうか……」

アキトは知っていた。リークが忙《いそが》しい政務の合間を縫《ぬ》って、ザランに会っていたことも、そして、どんなに名誉《めいよ》ある国王でさえ、死からは逃《のが》れられないことも。

「陛下に気に入ってもらえるように、頑張《がんば》らないとな」

明るく振《ふ》る舞《ま》うアキトに、リークはうっすらと笑《え》みを浮《う》かべる。

「案ずるな。余が選んだ妃《きさき》だ、きっと気に入ってくださるだろう」

そう言ってリークが元気づけてくれたように、アキトも彼の不安を拭《ぬぐ》ってやりたいが、今の自分にはそばにいるぐらいしかできない。

国王が養生している部屋の扉《とびら》には、アルファの神を模した美しいエンブレムが装飾《そうしょく》されていた。その前でリークが立ち止まると、警備をしていた衛兵がさっと道をあける。

「陛下、リークにございます」

扉の向こうから、しゃがれた低い声が聞こえる。

「入れ」

部屋の中にいた侍女《じじょ》が、扉を開けてくれた。ごくりと唾《つば》を飲んで、リークと共に中へ入る。

ザランは堂々たる構えで、ソファに腰《こし》をかけていた。

「よく来たな」

ザランと目が合う。どこまでも深い漆黒《しっこく》の瞳に、心臓を貫《つらぬ》かれたみたいだった。まるで格が違《ちが》う。初めてリークに会った時以上のビリビリとした威圧感《いあっかん》を、アキトは咄嗟《とっさ》に抱《いだ》いた。

ザランの顔や手には、時代を切り開いてきた証《あかし》である深い皺《しわ》が刻まれていて、アキトの人生経験など薄《うす》い紙のようだと思わせた。

本能的に足が竦《すく》んで動けないアキトの横を、さっとリークが通り抜《ぬ》けていく。

「父上っ！　そのようなところでは、お体に障《さわ》ります！」

「大丈夫だ。本日は体調がいい」

気遣《きづか》うリークに微笑《ほほえ》んで、ザランはアキトのほうを向いた。慌《あわ》てて頭《こうべ》を垂れる。

とてもリークの言うように、あと数日の命だとは思えない。そのくらいザランは、国王としての威厳に満ちあふれていた。

「この者が、我が妃のアキトにございます」

「お目にかかれて光栄です、ザラン国王陛下」

「やっと会えたな、オメガの妃よ。噂《うわさ》に違《たが》わず美しい」

ザランが優《やさ》しく目尻《めじり》を下げる。漆黒の髪《かみ》も、整った目鼻立ちも、リークと瓜《うり》ふたつで、アキトはわけもなく泣きたくなってしまった。

「それで、勃《た》ったのか、リークよ」

からかうようにザランが聞く。一瞬《いっしゅん》、アキトはむせ返りそうになった。

「いえ。ですが、たとえこの身で交われずとも、アキトが私の妻であることに変わりはありません」

迷いのないリークの言葉に、思いがけず胸が詰《つ》まる。

「そうか。まさか本当に男のオメガを妃にするとはな。しかし、オメガとは、誠《まこと》に優美で色気がある。もう少し余が若ければ、我が妃にしてもよかったのだが。なぁ、アキトよ」

からかわれているのだとわかっていたが、アキトは咄嗟に言葉が出なかった。

「お待ちください。い、いくら父上といえど、承服できかねます！　このオメガは私のものです！」

予想もしなかった会話が繰《く》り広げられ、アキトは身の置き所のない羞恥《しゅうち》を感じた。たとえ、子どもがおもちゃに見せるような他愛《たわい》もない独占欲《どくせんよく》だとしても、リークの言葉は嬉しい。にやけてしまいそうになるのをなんとか我慢《がまん》していると、ザランの豪快《ごうかい》な笑い声が耳に届いた。

「馬鹿《ばか》者。本当にお前は冗談《じょうだん》が通じん奴《やつ》だ」

そう言ってひとしきり笑ったザランが咳《せ》き込み始め、リークは青ざめた顔でザランの背中を擦《さす》る。

「父上、やはり寝台《しんだい》へ……」

「いや、構わぬ。……国王として常に忙《せわ》しなく、お前の面倒《めんどう》もろくに見られなかったが……。リーク、お前は実に立派に育った」

「身に余るお言葉でございます」

リークの言葉尻《ことばじり》からも、背中を撫《な》でる手からも、本当にザランを尊敬しているのがよく伝わってきた。

「今、思えば……お前の母を守れなかったのが心残りだ。リーク、オメガの妃をしっかりと守ってやれ」

「はい、父上」

何度か軽く咳《せき》をすると、ザランは左手につけていた指輪を外し、ゆっくりと手を伸《の》ばした。

「今日お前を呼んだのは、他《ほか》でもない。わかっているな。我、亡《な》き後、お前がリンデーンの王となるのだ」

紋章《もんしょう》の入った指輪は、国王である証だ。大きなサファイアが、青色の神秘的な光をたたえて輝《かがや》いている。リークはザランから指輪を受け取ると、両手で指輪を包み込み、まるで神に祈《いの》りを捧《ささ》げるかのように目を閉じた。

「誠《まこと》に私めでよろしいのですか、父上。私は子をなすことができません。それに、未熟で、到《とう》底《てい》父上に敵《かな》う器《うつわ》ではないのです」

初めて吐露《とろ》されたリークの本音を聞き、アキトははっとした。ザランは柔《やわ》らかく目尻を下げ、リークの頭を幼い子にするようにわしゃわしゃと撫でる。ゆっくりと目を開いたリークは、すがるようにザランを見上げた。

「死が近づき、アルファの神のお近くにいる今、お前たちの未来がかすかに見える。……案ずるな。運命はすぐそこまで来ておる」

「運命とはいったい……？」

リークの問いに、ザランは微笑むだけで答えなかった。「運命」という大それた言葉に、アキトの胃がきりきりと痛む。アルファであるリークにも、当然運命の番《つがい》はいるのだろう。本当に発情できない自分が彼の隣《となり》にいていいのか、自信を失いそうになる。

「オメガの妃よ、近《ちこ》う」

「……はい、国王陛下」

ザランの前で跪《ひざまず》くと、彼はアキトの頬《ほお》へそっと手を這《は》わせた。リークによく似た、アルファの匂《にお》いがする。

「アキトよ。我が息子《むすこ》の道を照らせ」

弱ったアキトの心を奮い立たせるのに、その言葉は十分すぎるものだった。

「御意《ぎょい》」

皺が刻まれた手に両手で触《ふ》れ、心からそうあることを誓《ちか》う。

それから言葉少なに二人は部屋を出た。扉の外には、心配そうに待っている侍女の姿がある。

「君がいつも陛下のお世話を？」

アキトが侍女に問うと「さようにございます」と彼女は小さく頭を下げた。

「本日、陛下は『可愛《かわい》い息子たちに格好悪い姿は見せられない』と力を振り絞《しぼ》って……寝台からお出になったのです。体を起こすのもやっとでしたのに……。本当に今日の陛下は嬉《うれ》しそうで……！」

目に涙《なみだ》を浮かべて話す侍女に、リークは深く頷《うなず》いてみせる。

いつもザランの近くにいる彼女だからこそ、思うところがあったのだろう。アキトが彼女を慰《なぐさ》めようとする前に、リークが前へ出た。

「これからも父上を頼《たの》む」

「は、はいっ……！」

目尻に輝いていた彼女の涙が、ぽろりと頬を伝う。彼女は慌てて細い指先で頬を拭った。

「行くぞ、アキト」

外套《がいとう》を翻《ひるがえ》して、足早に歩き出したリークの背を追う。

「ザラン国王陛下にお会いできて本当によかった。なぁ、リーク」

呼びかけても、リークはまったく反応しない。そうして自室の前まで来ると、衛兵たちを目線だけで下がらせた。

「どうしたんだよ……。おい、……無視すんなって、リーク！」

いつもと様子が違うのが妙《みょう》に気になって、部屋に入ってからリークの手首を掴《つか》んだ。その手が小刻みに震《ふる》えていて、言葉をぐっと飲み込む。

「リーク？」

アキトはリークの手を握《にぎ》り締《し》め、静かに問いかけた。

立ち尽《つ》くした男は、揺《ゆ》れる瞳《ひとみ》で未《いま》だ降り続いている窓の外の雪を見ていた。虹彩《こうさい》に映る真っ白な雪の光のせいで、まるで泣いているみたいに見える。人間離《ばな》れした美しい横顔に、アキトは胸が締めつけられた。このままリークの魂《たましい》がどこか遠くに行ってしまいそうな気がして、なんだかとても恐《おそ》ろしい。

「お前、ちょっとこっち来い」

無理やり手首を引っ張って、寝台に座らせた。ゆっくりと指先で触れた頬は、ひやりとしている。互《たが》いの息遣《いきづか》いを感じる距離《きょり》でもう一度リークの名を呼ぶと、ようやく虚《うつ》ろだった目がこちらを向いた気がした。

「大丈夫《だいじょうぶ》か、リーク」

「大丈夫ではない。……そう言ったら、貴様が体で慰めてくれるのか？　残念ながら、余のそこは反応せぬだろうがな」

本当に心配しているのに、そのようにふざけられては所在がない。アキトがもどかしさに下《した》唇《くちびる》を噛《か》むと、リークは優しく目を細めてうつむいた。綺麗《きれい》な黒髪《くろかみ》がさらりとリークの肩《かた》に落ちる。

「アキト、余は怖《こわ》いのだ。あの偉大《いだい》な王が去り、自らが国王となることが……ただただ怖くて仕方がない。こんなにも情けない余を、貴様は笑うか？」

「んなわけねぇだろ！」

アキトは声を荒《あら》らげた。

視線が交わる。何も言わないリークを心配して顔を覗《のぞ》き込むと、先ほどよりも熱を帯びた瞳で、リークはアキトの手を掴んできた。

「そばにいろ、アキト」

いつになく甘えるリークの肩を、雪の結晶《けっしょう》に触れるみたいにそっと引き寄せる。

「いるよ。ずっと……いつまでだっていてやるから」

どうかこの男を蝕《むしば》む悲しみが、少しでも軽くなりますように。

「あの子守唄《こもりうた》が聞きたい」

リークは誰《だれ》にも見せないような無防備な顔で、ぽつりとつぶやいた。まるで大きな子どもだ。笑いたいような、泣きたいような思いに、胸をひどくかき乱されて苦しい。

——今は眠《ねむ》れ。愛《いと》しい子よ。頭上に吹《ふ》き荒《あ》れる風も、頬を濡《ぬ》らす雨も、すべてを忘れて。私がそなたを抱《だ》き締める。今は眠れ。愛しい子よ。


雪はまだ降り止《や》まない。

国王が病気のため崩御《ほうぎょ》されたのは、それから三日後のことだ。悲しみに打ちひしがれる暇《ひま》も与《あた》えられず、リーク・ヴァルテンはリンデーン王国の王位を継承《けいしょう》した。


事件が起きたのは、リークが王となって二十日ほどすぎてからだった。

月のない夜。リークは寝台《しんだい》で、政務の書類に目を通していた。アキトは手持ち無沙汰《ぶさた》に、頬《ほお》杖《づえ》をつく。

「しっかし、毎日忙《いそが》しそうだな〜国王陛下は」

「書状だの、儀《ぎ》式《しき》だの、きりがないからな」

アキトも政務を手伝っているが、リークのそれは比べるまでもなく膨大《ぼうだい》だ。

「今日はこのへんでやめとけって」

アキトはリークの手から書類を奪《うば》うと、サイドテーブルに置く。呆《あき》れた顔をしたリークだったが、しばらくして諦《あきら》めたのかアキトの隣に寝《ね》転《ころ》がった。

窓の外に広がる闇《やみ》色のような男の髪に、アキトは手を伸ばした。湯《ゆ》浴《あ》みを終えたばかりのそこは少しだけ濡れている。

相変わらず、報《むく》われない片思いは続いていた。自分の気持ちを言葉にすることもできず、こうして気安く触れられる今の関係を壊《こわ》すのも怖かった。

——たとえこの身で交われずとも、アキトが私の妻であることに変わりはありません。

ザランに言ってくれたリークの言葉が、今のアキトのすべてだ。触れてほしいという傲慢《ごうまん》な思いは、心の奥底に深く沈《しず》めた。アキトの体を欲しがってくれなくてもいい。許されるのなら、死ぬまでリークのそばにいたい。

リークが目頭《めがしら》を揉《も》み込んで、深く息を吐《は》く。全身に疲労の色がくっきりと刻まれていた。一国の王になる精神的な圧力は計り知れない。せめてアキトと一緒《いっしょ》の時には、寛《くつろ》いでほしかった。

「歌ってやろうか？」

笑って聞くと、リークは片方の口角を上げて頷く。歌いながら髪を撫《な》でているうちに、リークのまぶたがゆっくりと落ちた。愛しさがじんわりと込み上げる。この男がいつまでもいつまでも幸せであればいいのにと、アキトは思った。

その時、扉《とびら》の外に何者かがバタバタと駆《か》け寄ってきた。気配を感じ取ったリークが、素早《すばや》く体を起こす。

「誰だ」

衛兵が名乗ると、リークは即刻《そっこく》「入れ」と命令した。真っ青な顔をした衛兵は、部屋に入るなり跪《ひざまず》いて言葉を続ける。

「陛下……大変です。カラム大臣が倒《たお》れられました」

「なんだと」

リークは片眉《かたまゆ》を撥《は》ね上げた。カラム大臣といえば、最近就任したばかりの若人《わこうど》だ。

「容態は？」

「それが……今、意識はなく、腕《うで》にバラのような痣《あざ》が出ています」

ぎょっとして、思わずアキトは身を乗り出した。バラ病はオメガしかかからない病だ。生粋《きっすい》のアルファであるカラム大臣がかかるはずがない。何かの間違《まちが》いではないかとアキトが考えていると、衛兵は深く頭《こうべ》を垂れる。

「星の間で、大臣らがお待ちです」

二人はすぐに星の間へ向かった。廊下《ろうか》を歩いている途中《とちゅう》、レガルが血相を変えてアキトの許《もと》へやって来る。

「……アキト様、少々厄介《やっかい》な流れになっております」

小さく頷いて、アキトは足を速めた。オメガだけがかかるバラ病に、なぜかアルファがかかってしまった。これからどのような話し合いになるのか考えると、胃がきりきりと痛み出す。

「案ずるな、アキト」

リークにぎゅっと肩を引き寄せられ、アキトは精一杯《せいいっぱい》笑った。

弱気になるな。どんなことがあろうとも、この男の隣《となり》にいると決めたではないか。

——我が息子《むすこ》の道を照らせ。

ザランの遺言《ゆいごん》を思い出し、アキトは顔を上げてきゅっと唇を結んだ。他《ほか》の誰でもない、自分がリンデーンの王妃《おうひ》なのだ。

「リーク国王陛下、並びにアキト王妃陛下がお見えになりました！」

衛兵の一人が声を張り上げ、星の間へと続く仰々《ぎょうぎょう》しい扉が開いた。広々としたその部屋では、ガウリンを始め、主要な大臣であるワルターやマルクたちが円卓《えんたく》に座っている。

リークが先に部屋へと入り、アキトも一歩足を踏《ふ》み入れようとした瞬間《しゅんかん》、いつも以上に冷ややかな視線が突《つ》き刺《さ》さった。

「アキト妃、どうかこの場には入らないでいただきたい！」

狐《きつね》のように目が細く、ほっそりとした輪郭《りんかく》のワルターが、大きな声で言い放つ。

「なんだと……おいワルター、どういう意味だ」

「今わかっているだけでも、王族から三名、大臣から一名、バラ病と同じ症状《しょうじょう》の感染《かんせん》者が出ております」

ワルターはアキトを見やりハンカチで口元を押さえると、険のある声を出す。

「感染源がオメガであるアキト妃ではないかと、不安になっている者が多数おります」

アキトは動揺《どうよう》し、その場から動けなくなってしまった。リークはワルターを鋭《するど》い視線で射貫《いぬ》いた後、ガウリンのほうへ向きなおる。

「感染者にフィラネの薬は投与《とうよ》したのか、ガウリン」

「もちろん、すぐに試《ため》したよ」

「効果は？」

ガウリンは小さく首を横に振《ふ》った。バラ病によく似た症状は改善されず、黒い痣もなくならなかったらしい。

「いかがなさるおつもりですか、リーク陛下」

ここぞとばかりにワルターが畳《たた》みかける。はらはらして隣を盗《ぬす》み見ると、リークは驚《おどろ》くほど毅然《きぜん》としていた。眉ひとつ動かさず、ワルターを正視する。その堂々とした態度は、王族としての格の違いを見せつけているようだった。

ワルターはリークの強い視線から逃《のが》れるように目を伏《ふ》せると、口早に喋《しゃべ》り出す。

「と、とにかく！　オメガの国から病気を持ち込んだ以上、アキト妃には責任をとって、即刻、我が国から去っていただきたい」

「私も同意見にございます。ひいてはオメガ全体の入国拒否《きょひ》も必要不可欠かと存じます。まずは先日制定されたオメガ法の撤廃《てっぱい》をお願いしたい」


追い打ちをかけるように、マルクが述べた。明らかにアキトにとって不利な状況《じょうきょう》だ。

「少し待ってほしい。普段《ふだん》から彼の体は私が診察《しんさつ》していた。アキト妃には、これまでバラ病の症状は一切《いっさい》出ていないよ」


努めて冷静に振る舞《ま》うガウリンに、男たちはむっとして黙《だま》りこくる。リークは頃合《ころあ》いを見計らっていたかのように、よく通る声で言い放った。

「ガウリンの発言のとおりであろう。確たる証拠《しょうこ》がないにもかかわらず、我が妃《きさき》が原因であるかのように申すな。不愉快《ふゆかい》だ」


重々しいリークの声が部屋に響《ひび》き、一瞬でその場がシンと静まる。大臣たちは顔を見合わせていた。ピリピリとした緊張感《きんちょうかん》が、入り口で立ちすくむアキトにも伝わる。

「バラ病にかかった者は、即刻、フィラネの森にある白亜《はくあ》の塔《とう》へ移せ。同時に、薬の開発を進めろ。アキトについては不問とする。反対する者がおれば、この場で名乗り出よ」

反論の言葉は誰《だれ》からも出ない。ワルターたちは悔《くや》しそうに唇《くちびる》を噛《か》んでいた。リークは鷹揚《おうよう》に辺りを見回すと、

「ならば、これにて終了《しゅうりょう》だ」

そう言ってアキトの手をとり、星の間を後にしたのだった。


部屋に戻《もど》り、念のためアキトは再度ガウリンに体を診《み》てもらったが、やはりバラ病への感染は確認《かくにん》できなかった。ほっと胸を撫で下ろすと同時に、拭《ぬぐ》いきれない大きな疑問が浮《う》き彫《ぼ》りになる。

なぜ、アルファがバラ病に？

ガウリンが部屋を出てからアキトは寝室で一人、リークの帰りを待っていた。レガルの姿も見えない。

夜中、ようやくリークが帰ってきたと思えば、荒《あら》っぽくアキトに告げた。

「これから出発する。準備をしろ」

「い、今から？」

「そうだ」

それっきり、リークはアキトが何を聞いても返事をしなくなった。妙《みょう》な胸騒《むなさわ》ぎを感じながら、リークに連れられて宮殿《きゅうでん》の裏に用意されていた箱馬車に乗り込む。中にはレガルと、想像していなかった人物がもう一人いた。

「ルキアノス、お前……どうして」

ルキアノスはやけに緊張《きんちょう》した面持《おもも》ちで、アキトに敬礼をする。

「おい、レガル。なんなんだ……いったい」

レガルは何か言葉にしかけ、それからまた口を噤《つぐ》んだ。いつもとは違う雰囲気《ふんいき》を察し、アキトはますます疑念を抱《いだ》く。

「リーク、こんな夜中にこそこそと……これはいったいなんだ！　はっきり言ってくれ！」

アキトが声を荒らげても、リークは歯牙《しが》にもかけなかった。馬車から降りようとするアキトの手首を強い力で摑《つか》み、御者《ぎょしゃ》に命令をして馬を出させる。

なんで、なんにも言ってくれねぇんだよ。アキトは啞然《あぜん》として、遠ざかってゆく宮殿を見つめた。

どれくらいたったのか、馬車の中には重苦しい沈黙《ちんもく》が横たわっていた。アキトは仏頂面《ぶっちょうづら》をして、窓に映り込んだ自分の姿を見つめている。説明をしてくれない連中に嫌気《いやけ》が差し、何度も馬車から降りようとした。それでもリークは許さなかった。力には自信があったが、アルファのリークに本気で押さえつけられては、想像以上に抵抗《ていこう》が難しかった。

王都を抜《ぬ》け、森を抜けると、どこへ向かうのか大体想像がついた。

「エアリス公国へ行くんだな、リーク」

貝のように黙りこくっていたリークは、ようやく口を開く。

「そうだ。しばらくゆっくりしていろ。護衛はルキアノスに任せている」

アキトは、ぎろりとルキアノスに視線を移した。

「ルキアノス、お前は知っていたのか？」

「はっ、はい、申し訳ありません」

「レガル、お前はどうだ」

「存じております。私もこれが最善の策であると考えます」

悪びれる様子もないレガルに、アキトは大きく舌打ちをした。鋭い眼光でリークを睨《にら》みつけ、拳《こぶし》を強く握《にぎ》り締《し》める。

「リンデーンが大事な時に……なんでだよ！　俺は……リーク、お前と一緒《いっしょ》に——！」

アキトがこれだけ感情を露《あら》わにしても、少しも乱れないリークを見ていたら、それ以上言葉は出てこなかった。ツンと鼻の奥が痛む。泣くものかと唇を噛み、深く息を吐《は》き出した。

「お前も……オメガが悪いと思ってんのか？」

アキトは祈《いの》る思いで、冷たい表情をしているリークを問い詰《つ》める。

「それは断じて違《ちが》う」

「なら、どうして！」

震《ふる》える声でアキトが言うと、感情のなかったリークの瞳《ひとみ》に、わずかな迷いが浮かんだ気がした。壊《こわ》れ物を扱《あつか》うように、そっとアキトの頰《ほお》に触《ふ》れる。リークの手のひらから伝わる優《やさ》しい温度が、ますますアキトを悲しい気持ちにさせた。

「この機に乗じてワルターとマルクが、貴様を排除《はいじょ》しようと裏で動いている。直接、手を出すほど愚《おろ》かではないと思うが……。アキト、貴様はエアリスにいるのが一番安全なのだ」

「そんなのっ――」

「反論は聞かぬ。これは忠告ではない。リンデーン王国の王としての命令だ」

アキトの意思は必要ない、そう告げられたも同然だった。

守られていることぐらいわかっている。けれど、自分はそんなにも弱々しい生き物なのか。オメガとして生まれ、何不自由なく暮らしてきた。だが、囲われている城壁《じょうへき》から出れば、たった一人、大切な人間を守りたいという願いすら叶《かな》わない。

なぁ、リーク。俺はそんなに頼《たよ》りねぇか？

言葉にしたら、涙《なみだ》が溢《あふ》れてしまいそうだった。心の痛みはすでに限界で、反論する気力もなかった。ただただ怒《いか》りと惨《みじ》めな思いだけが、全身を支配している。

「貴様がエアリスに戻るのを見届けたら、すぐに宮殿へ帰る」

東の空から降り注ぐ夜明けの光に目を眇《すが》め、アキトは返事もせずにそれっきり黙り込んだ。

数日後、最悪な雰囲気のまま、エアリス公国へたどり着いた。

開けっぱなしにしていた窓から、懐《なつ》かしい海の匂《にお》いが漂《ただよ》う。馬車を降りると、ガタガタと聞き慣れた音を立てて旋回橋《せんかいきょう》が下りた。

一足早く書簡が届いていたらしく、アキトの兄弟たち、侍女《じじょ》や従者、民衆までもがこぞって出迎《でむか》えに来ていた。いつものアキトなら、屈託《くったく》のない笑顔《えがお》で手を振る場面だ。

「熱烈《ねつれつ》な歓迎《かんげい》だな、アキト」

自分のことのように喜び、リークが穏《おだ》やかな笑みをたたえる。頭ではどうしたって許せないのに、心は際限なくリークを求めていた。

嫌だ。寂《さび》しい。リークのそばを離《はな》れたくない。

「おかえり、アキト！」

「おかえりなさいませ、アキト兄様！」

状況《じょうきょう》を未《いま》だによく知らない彼らは、単純な里帰りだと思っているらしい。一歩足を踏《ふ》み出すのを躊躇《ちゅうちょ》していると、リークに腕《うで》を掴まれ、兄たちの前に差し出された。

「我が妃を、どうか頼《たの》む」

あのリークが頭を下げている。それだけ自分は大事にされているのだと理解した途端《とたん》、また一段と心臓の奥が苦しくなる。

「かしこまりました。お任せください、リーク国王陛下」

次期大公であるアキトの兄――ライコフがにっこりと微笑《ほほえ》む。それから他《ほか》の兄弟たちに頭をもみくちゃに撫《な》でられ、アキトは複雑な心境で笑みを浮かべた。

「アキト」

兄と話を終えたリークがアキトの名を呼んでも、目を見ることができなかった。

「アキト、顔を上げろ」

意地でも言うことを聞くものか。どうせ何事もなかったみたいに、お前は俺をひとりにするんだろ。

いつまでも顔を伏《ふ》せていると、リークは痣《あざ》が残りそうな強さでアキトの手首を摑む。

「そのように寂しそうな顔をするな。手放したくなくなるだろう」

苛立《いらだ》ちを含《ふく》んだリークの声に、怒りで手が震えた。なら手放すんじゃねぇよ。そう叫《さけ》ぼうとした唇は、リークの唇によって性急に塞《ふさ》がれる。

民衆のどよめきも、兄たちの野太い悲鳴も、アキトには聞こえなかった。自ら舌を入れて、リークの口の中を貪《むさぼ》る。内なる熱を感じるたびに、男の隠《かく》した感情が流れ込んでくるようだった。

馬鹿《ばか》やろう、自分だって寂しいくせに。

熱烈な口づけを長い間交《か》わした後、互《たが》いに乱れた息を吐き出しながら額を合わせた。

「事態が収束したら、必ず迎《むか》えに来る」

「……嘘《うそ》ついたら、ぶん殴《なぐ》る」

三十発ぐらい。

「ああ、約束だ」

名残惜《なごりお》しげにリークが体を離した、その刹那《せつな》――。リークの体がゆっくりと目の前から崩《くず》れ落ちた。アキトは目を見張って、地面に倒《たお》れそうになっているリークを慌《あわ》てて支える。

「お、おいっ、リ、リーク……？　リークッ!?」

「先生を！　トグリ先生を呼んでください！」

すぐ近くでレガルの声がした。アキトは半狂乱《はんきょうらん》になりながら、リークの名を呼ぶ。それでもリークは目を開けなかった。浅い呼吸を繰《く》り返し、苦しそうに眉根《まゆね》を寄せている。

兄たちに協力してもらい、直ちにリークを城の中へ運んだ。小さいころからアキトもお世話になっている年配の医師トグリが、診察《しんさつ》をしてくれた。レガルもルキアノスも、顔面蒼白《そうはく》になってリークの無事を祈っている。

いつもアキトに遠慮《えんりょ》なく触れる手が、今は寝台《しんだい》から力なく垂れていた。その手を握り締めた瞬間《しゅんかん》、アキトははっとする。

「う、嘘だろ……。痣だ……」

勢いよく服を捲《まく》った。鎖骨《さこつ》から肩《かた》、そして左腕《ひだりうで》の肘《ひじ》のところまでバラのような黒い痣が広がっている。

「お、おい、じっちゃん、なんだよこれ。どうなんだ……リークは、助かるんだろっ⁉」

トグリは何も言わない。体の隅々《すみずみ》まで痣の状態を診察すると、難しい顔でリークから血を採取した。

「今、調べる。大人しくそこで待っていろ」

アキトは恐《おそ》ろしくなって、全身を震わせた。部屋を出て行こうとするトグリに、慌てて問いかける。

「お、俺のせい？　俺がオメガなせいで……リークが病気になったのか？」

「ちょっとは落ち着け。お前がオメガであることと、この病気の発症にはなんの因果もないわい」

だって、と子どものようにつぶやき、アキトはリークの手を取った。温かい。リークは生きている。そう何度言い聞かせても、心の動揺《どうよう》はなくならない。

ずっとリークの手を握っていた。数刻ほどして、リークの血液を調べていたトグリが戻《もど》ってくる。

「バラ病で間違いない」

足元が崩れ去るような深い絶望感が、アキトを襲《おそ》った。

「く、薬は……？　特効薬はあるんだろ!?」

「作れる可能性はある。……だがな、アキト。私らオメガの医師だけでは、どうにもならんよ。アルファの体に詳《くわ》しい者の協力が不可欠だ」

ごくりと唾《つば》を飲み込む。リンデーン王国からアルファの医師を呼ぶことは不可能に近いだろう。このままエアリス公国に留《とど》まっても、リークは助からない。

「……トグリのじっちゃん、リークがかかったバラ病はオメガに感染《かんせん》するのか？」

「いいや。調べたが、我々には問題ない。フィラネの薬を接種して作られた抗体《こうたい》のおかげだな」

オメガに感染しないのなら……。アキトはある決意をして顔を上げた。そうしているうちに、兄たちが心配そうに部屋に集まってくる。

「アキト……！　リーク陛下は、ご無事か！」

心配そうな面持《おもも》ちの彼らに向かって、アキトは床《ゆか》に跪《ひざまず》いた。

「なっ！」

兄たちがぎょっとして、声を上げる。

「おい、アキト、お前は何をしてっ――」

「兄上、……お願いです。どうかアルファの国を助けてください」

アキトは目を見張った兄たちに、事の経緯《けいい》を説明した。リークがバラ病になってしまったこと、そしてリンデーンには、今もバラ病を患《わずら》って苦しんでいるアルファたちがいること。

アルファを助けるため、共にリンデーン王国に来てほしいとアキトが懇願《こんがん》すると、兄たちはこぞって口を結ぶ。

「じっちゃんも頼む。アルファの医師と協力して、薬の開発を進めてほしい」

感染力の強いバラ病は、あっという間に広まっていくだろう。そうなれば、病にかからないオメガの協力が絶対に必要だ。

「私からもどうかお願い致《いた》します」

後ろで見守っていたレガルが言い、それにルキアノスも続く。

「はぁ～。年寄りをこき使いよって」

ぽきぽきと首を鳴らしながら、トグリはにやりと笑った。

「本当になぁ……わがままな弟を持つと大変だなぁ、カイ」

「まったくだ。なぁ、弟よ！」

しゃがみ込んだ兄に、軽く頭を叩《たた》かれ、アキトは「いたっ」と声を立てる。顔を上げれば、頼もしい兄たちが自分によく似た凶悪《きょうあく》な笑みを浮《う》かべていた。

「ぼけっとするなよ、アキト。そうと決まれば、さっさと行くぞ、リンデーンへ！」

苦しそうに胸を上下させるリークをしっかりと抱《だ》き、アキトはエアリス公国を発《た》った。兄や医者、そしてその他の公族を含め、総勢十名のオメガがアキトに付いてきてくれている。無理をして馬を飛ばしたので、六日もかからずにリンデーン王国へ到着《とうちゃく》した。

――オメガ嫌《ぎら》いのあの国が、我々をやすやすと受け入れるだろうか？

――大丈夫《だいじょうぶ》。俺がなんとかする。

心配する兄たちを宥《なだ》めたが、実際、心の中は不安でいっぱいだった。

宮殿《きゅうでん》内に入ると、リークの帰りを待っていたガウリンが駆《か》け寄ってくる。

「アキト、どうしてリンデーンに……？　祖国に避難《ひなん》する予定だとリークが言っていたが……」

ガウリンはアキトの後ろにいるオメガたちに気づくと、はっとした表情を見せた。

「落ち着いて聞いてくれ。リークがバラ病を患った。今、直接白亜《はくあ》の塔《とう》へ運んでもらってる」

「そんな……」

ガウリンの動揺がひどく伝わってきて、アキトは胸が痛んだ。後ろにいた従者たちも誰《だれ》もが息を呑《の》む。

「匂《にお》うと思えば……な、なぜオメガがここに！」

オメガの肌香《はだこう》を目ざとく嗅《か》ぎとったのか、バタバタとマルクが近寄ってきた。おまけにワルターまでもが怒《いか》りを露《あら》わにして、反対の廊下《ろうか》からこちらへ向かってくる。アキトはぐっと拳《こぶし》に力を入れた。

「ここは厳粛《げんしゅく》なるアルファの宮殿で、オメガが入っていいところでは――！」

「今はそんなこと言ってる場合じゃねぇんだよ！　化石みてぇなジジイどもは黙《だま》ってろ！」

思わず啖呵《たんか》を切ると、ワルターたちは目を白黒とさせた。

「みんな、聞いてくれ。バラ病は、放《ほう》っておくと死に至る。だが、薬さえできれば希望は持てる。リーク国王陛下は必ずお戻りになるから、どうか信じて待っていてほしい」

アキトは自分でも見えない未来を必死でたぐり寄せた。オメガとアルファが手を取り合えれば、きっと道は開かれるはずなのだ。

「アルファからアルファへの感染はあるが、免疫《めんえき》のあるオメガへの感染はない。今のところベータには影響《えいきょう》がないとは思うが、念のため、ベータ性の従者たちも感染したアルファには近づかないほうがいい。奇病《きびょう》にかかったアルファは皆《みな》、白亜の塔へ隔離《かくり》し、看病はオメガが引き受ける」

誰しもが呆気《あっけ》にとられ、言葉を失っていた。

「ガウリン。……リークをなんとしても助けたい。ガウリンに頼《たの》むのは酷《こく》かもしれないが、アルファの医師たちの力が必要なんだ」

「もちろんだ」

ガウリンは大きく頷《うなず》くと、兄たちの前に立つ。

「私からもお願いします。どうかオメガの……貴殿《きでん》らの力を貸してください」

兄たちに手を差し出したガウリンに、アキトはほっと胸を撫《な》で下ろした。リークがいない今、ガウリンの存在にどれだけ助けられていることか。

二番目の兄であるカイが、屈託《くったく》のない笑顔《えがお》でガウリンの手を取る。

「ガウリン公、口の悪い愚弟《ぐてい》がご迷惑《めいわく》をおかけしていますでしょう？　もちろんその分、きっちり恩をお返し致します」

「ははっ、それは頼もしいですね」

ガウリンが笑い、カイはぶんぶんと、握《にぎ》ったガウリンの手を振《ふ》った。

「待て待て……誰が口の悪い愚弟だって？」

爽《さわ》やかに笑った兄たちに次々と指を差される。いつまでたっても彼らには敵《かな》わない。アキトはべそをかくように笑ったのだった。

ガウリンには白亜の塔で、トグリたちと薬の開発を進めてもらい、リークがいない間の執務《しつむ》は大臣たちに兼務《けんむ》させた。ベータであるレガルとルキアノスは、自分たちもついて行くと申し出てくれたが、泣く泣く宮殿に残ってもらった。

アキトは白亜の塔へ向かう馬車に揺《ゆ》られながら、フィラネの森を眺《なが》める。

怖《こわ》い。リークを失うことが、何よりも怖い。このまま薬ができなかったら？　薬が効かなかったら？

不安は尽《つ》きず、限界を超《こ》えた感情は、今さら涙《なみだ》となって溢《あふ》れ出た。泣くんじゃねぇ、馬鹿《ばか》やろう。自分を叱咤《しった》し、手の甲《こう》で涙を拭《ぬぐ》う。けれど、拭っても拭っても止まらなかった。

「アキト」

隣《となり》に座っていたカイが、アキトの肩《かた》を抱く。

「……カイ兄、俺は怖い」

前国王ザランを失う直前に弱音を吐《は》いたリークの気持ちが、今なら痛いほど理解できる。

「どうしよう、……リークが死んだら、どうしよう」

言葉にした途端《とたん》、恐怖《きょうふ》が倍になった。怖くて、怖くて、仕方がなかった。叫《さけ》び出しそうな恐怖心を抱《かか》え、両手で顔を覆《おお》う。

「アキト……。大丈夫だ、大丈夫だから」

カイに強く抱き締《し》められ、またどっと涙が出た。確信のない言葉でも、誰かにそう言ってほしかった。アキトは兄の胸の中で、しばらく子どものようにわんわんと声を上げて泣いた。

馬を優に二十頭は収容できそうな大きな寝室《しんしつ》を、リークの部屋とした。

もともと白亜の塔は、遥《はる》か昔、奴隷《どれい》だったオメガが使用していた城を、建て直したものらしい。普段《ふだん》から従者がきちんと手入れしてくれていたおかげで、滅多《めった》に使われていないにしてはとても清潔だった。

リークが再び目覚めたのは、リンデーン王国に着いた次の日の朝だった。アキトは心配でたまらず、リークが起きるまで寝《ね》ずに看病を続けていた。

美しい黒曜石のような瞳《ひとみ》が、アキトをまっすぐに射貫《いぬ》く。長い間眠《ねむ》りについていたから、状況《じょうきょう》を把握《はあく》するのに時間がかかっているようだった。

「ここは……？」

寝台に横たわったまま、リークが顔だけをアキトに向ける。

「リンデーンだ。今は白亜の塔にいる」

「な、なぜ、貴様もリンデーンに戻《もど》った……！」

急に体を起こしたリークは、苦しげに胸元《むなもと》を押さえた。

「ば、馬鹿っ、無理をするな、リーク！」

しばらくフーフーと息を整えた後、袖《そで》を捲《まく》る。そして腕《うで》に広がった黒い痣《あざ》を見やり、リークは淡々《たんたん》と言った。

「余もバラ病にかかったのだな」

認めたくないという思いが邪魔《じゃま》をして、はっきりと肯定《こうてい》できなかった。

「兄上たちにも来てもらったんだ。ガウリンには薬の開発を進めてもらってる。白亜の塔にいる皆は、オメガが看病するから」

眠っていた間の経緯《けいい》を説明すると、黙って聞いていたリークが口を開く。

「今からでも遅《おそ》くはない。貴様だけエアリスに帰れ」

この男は何を言っているのだ。兄たちが来てくれた状況を知っても、アキトだけここから逃《に》げ出せと言う。

「帰れ、だと？……冗談《じょうだん》じゃねぇ、俺の帰る場所はここだ！」

「なぜ大人しく従わない！バラ病がいつ貴様にも感染《かんせん》するかわからないではないか！」

「俺にはフィラネの免疫があるし、バラ病にはかからない！他《ほか》の医者もガウリンもみんな言ってる！」

リークはひどく聞き分けのない子どもを見るような目で、アキトを射貫いた。聞き分けがないのはそっちだろうと、喉元《のどもと》まで出かかる。

「リーク・ヴァルテンの妃《きさき》は俺だ。『病《や》める時も、健《すこ》やかなる時も』……そう誓《ちか》ったんだ！なぁ、そうだろ！」

リークの胸ぐらを摑《つか》んで、アキトは言い放った。病人相手に大人げないとは思ったが、後には引けない。リークは凄《すご》まれているというのに、落ち着き払《はら》った顔でアキトの手に触《ふ》れる。

「なぜ貴様はいつも、余が想像もせぬような斜《なな》め上を行くのだ」

「う、うるせぇ。お互《たが》い様だろうが！」

喉の奥がツンと痛む。これだけ言ってアキトの思いが伝わらないのなら、リーク・ヴァルテンはどうしようもない馬鹿だ。

「頼むから……もっと俺を信用してくれよ」

この国の王妃《おうひ》として、そしてリークの妻として。

涙がこぼれ落ちそうになっても、リークから一秒だって目を逸《そ》らさなかった。永遠とも思えるような長い沈黙《ちんもく》が続く。

「……貴様には負けた」

「そ、それって、ここにいてもいいってことか？」

「ああ、勝手にしろ」

ようやくわかってもらえたのだ。アキトは「勝手にするよ」とリークの服から手を離《はな》した。

「早く、元気になれ。馬鹿リーク」

ふんっ、とリークの顔に笑みが浮《う》かぶ。

「馬鹿とはなんだ。貴様、その言葉、よく覚えておけよ。ことが落ち着いたら……不埒《ふらち》な唇《くちびる》はどうされるか、嫌《いや》というほどにわからせてやる」

意地悪く笑ったリークの指先が、アキトの唇を撫でた。幸せで、でも悲しくて、アキトは温《ぬく》もりを感じながら、そっと目を瞑《つぶ》る。

この先どうなるのか、闇《やみ》の中をただ歩いているような感覚だった。けれど、一人で逃げ出すよりはよっぽどいい。隣にはリークがいる。それだけがアキトにとって救いだった。

その日、アキトはリークが眠りについたのを見計らって、厨房《ちゅうぼう》の様子を見に行った。顔を合わせるなり、兄のカイに泣きつかれる。

「あの狐《きつね》をなんとかしてくれ。オメガの世話にはならないって、言うことを聞かないんだよ」

狐は病に臥《ふ》せっても、オメガへの偏見《へんけん》の精神を忘れていないらしい。辟易《へきえき》している兄の代わりに食事の用意をして、廊下《ろうか》の奥にある扉《とびら》を叩《たた》く。

「ワルター大臣、お体はいかがですか」

数日前にバラ病を患《わずら》い、白亜《はくあ》の塔《とう》に移ってきた彼に、にっこりと笑って話しかけた。一国の大臣が寝るにしては小さな部屋で、ワルターは寝かされていた。それでも、エアリス公国の城の一室と比べれば、十分な広さがあるのだが。

換気《かんき》のために窓を開けると、未《いま》だ春を感じられない冷たい風が、頬《ほお》をすり抜《ぬ》けていった。

「どうぞお構いなく！　私は化石のジジイですから！」

狐がぶすっとした顔で、声を荒《あら》らげた。しばらくしてアキトは窓を閉め、「ほんっとに可愛《かわい》くねぇジジイだな」と素直《すなお》な言葉をこぼす。

言いたいことはほかにも色々あったが、ワルターの首に黒い痣を確認《かくにん》すると、それ以上言葉を続けられなかった。

以前はきつく感じたアルファの匂《にお》いも、アキトが慣れたのか、それとも病気のせいで弱まってしまったのか、気にならなくなっていた。

アキトは黙々《もくもく》と食事の準備をして、ワルターの前に「あーん」とスプーンを持っていく。

「な、何をしているっ！　ばっ、馬鹿にしているのか！」

この分だと先は長そうだ。

「馬鹿にしてねぇって。……手、痺《しび》れて動かないんだろ？　少しでも体にいれないと」

スープをもう一度差し出すと、ワルターは意地でも食べる気がないのか、むっと口を結んだ。

「言っとくけど、ベータの従者は来ないかんな。もちろんアンタの大好きなアルファも来ない。ここで世話をするのはオメガだけだ。アンタが飢《う》え死にしようと、俺は別にいいんだよ。けど、娘《むすめ》はどう思うだろうな」

娘、という単語が功を奏したのか、ワルターは渋々《しぶしぶ》口を開けた。アキトは「よし、いい子だ」と笑顔《えがお》になって、ゆっくりとワルターの口にスープを運ぶ。

「娘さんには説明済みだよ。早く治して帰ってきてくれってさ。美人でいい子じゃねぇか。よかったなぁ、アンタに似なくて」

意味ありげにアキトが笑うと、ワルターは気まずそうに顔を歪《ゆが》める。

お世辞でもなんでもなく、ワルターの娘は本当にいい子だった。ワルターが倒れたと聞くと、「父をよろしくお願いします」と涙《なみだ》を浮かべていた。どんなに嫌な奴《やつ》でも、彼女にとっては大事な父親なのだ。

湯浴《ゆあ》みができないワルターのために、お湯で絞《しぼ》った布を用意した。いちいち反抗《はんこう》されるのが面倒《めんどう》で、アキトはさっさと狐の服を脱《ぬ》がす。

「傷があるな。戦《いくさ》でついた傷？」

体を拭《ふ》きながら、アキトは尋《たず》ねる。リークの体と同じような傷が、ワルターの体にもあった。

「昔は……それなりに戦に出ていたからな。……ザラン王の右腕と呼ばれていた」

「へぇ、今度手合わせしようぜ」

「ふんっ、オメガに剣《けん》が振《ふ》るえるものか」

「アンタの国の王様も同じ発言してたよ。なんでもいいけどさ、俺じゃなくても、ちゃんと言うことを聞けよ？　オメガは嫌だなんて言ったら、すぐにアンタの大事な娘に言いつけてやるからな」

体を拭き終わってから、服を着せていると、押し黙《だま》っていたワルターがぽつりとつぶやく。

「……なぜオメガのお前が、アルファの私にそこまで優《やさ》しくするのだ」

アキトはまじろぎもせずにワルターを凝視《ぎょうし》した後、大きく口を開けて笑った。

「優しくするのに、理由が必要とは知らなかったな」

オメガもアルファも関係ない。目の前に困っている人がいたら、助けるのが当たり前だろう。

「もし勘違《かんちが》いさせてたら悪《わり》ぃけど、俺は既婚《きこん》者だからな？」

アキトがからかってウインクをすると、ワルターは狐によく似た瞳《ひとみ》を吊《つ》り上げ、「もういい、忘れろ！」と真っ赤な顔で叫《さけ》んだ。

薬の開発はアルファとオメガの協同で、昼夜を問わず行われた。確実な成果が見えない中、次々と感染者ばかりが増えていく。

時は残酷《ざんこく》に流れ、一日、また一日とすぎるたび、リークの体に黒バラの模様が広がる。ワルターを始め、他のアルファたちも同様に、もうあまり猶予《ゆうよ》が残されていないのは明らかだった。

リークの部屋の前で、アキトはゆっくりと深呼吸をした。涙の跡《あと》がないか確かめ、パンッ、と両頬を叩く。

「よう、リーク！」

元気な声を出して、扉を開いた。リークは政務の書類から視線を移し、美しい顔を上げる。

「おいっ、仕事はするなって言っただろ！」

「ずっと寝《ね》ているのも、暇《ひま》なものだな」

体はひどく痛むはずなのに、リークはこれまで何ひとつとして弱音を吐《は》かなかった。その気《き》丈《じょう》な振る舞《ま》いに、アキトの胸は押し潰《つぶ》されそうになる。

「ちゃんと体、大事にしてくれよ」

備え付けの洗面台で清拭用《せいしき》の布を用意していると、背中にリークの声が届く。

「貴様こそ、寝ているのか、アキト」

「寝てるよ。俺のことは心配いらない」

「嘘《うそ》をつくな。余を四六時中看病して、夜中も起きているではないか」

気づかれていたのかと、頰がかぁっと熱くなる。

「ほら、そっち向けよ！」

有無《うむ》を言わさず前を向かせて、アキトはリークの背中に回り込んだ。服を脱がせ、鍛《きた》えられた体を隙間《すきま》なく拭いてゆく。

白い肌《はだ》に浮かぶ呪《のろ》いの模様。また黒い痣《あざ》が広がっていた。昨日はなかったそれは、背中全体に刻まれている。涙がじわりと浮かび、アキトは気づかれないように小さく唇を嚙《か》んだ。

本当は眠《ねむ》るのが怖《こわ》くて、夜毎リークのことを見つめている。目が覚めて、もしリークに何かあったらと思うと、どうしようもなく恐《おそ》ろしい。

「泣くな、アキト」

「なっ、泣いてねぇよ」

見えていないはずなのに図星を指され、アキトは慌《あわ》てて両目を擦《こす》る。

「貴様は、余が病などに負けると思っているのか」

リークの背を拭きつつ、大げさなくらい声を上げて笑った。そうしていないと、涙がとめどなく出てしまいそうだったのだ。

「あー、悪かったよ。天下のアルファ様だもんな」

服を着せて、リークを寝台《しんだい》に寝かせる。顔を顰《しか》めているリークに気づき、アキトは動揺《どうよう》してリークの肩《かた》に触《ふ》れた。

「い、痛むのか？　リーク」

「平気だ。アキト、あの歌を聞かせろ。……少しだけ眠る」


――今は眠れ。愛《いと》しい子よ。頭上に吹《ふ》き荒《あ》れる風も、頬を濡《ぬ》らす雨も、すべてを忘れて。私がそなたを抱《だ》き締《し》める。今は眠れ。愛しい子よ。


形のいいリークの唇《くちびる》から、密《ひそ》やかな寝息が聞こえる。アキトは両手を握《にぎ》り締めて必死に祈《いの》った。もともとアルファの神に信仰心《しんこう》なんて持ち合わせていない。

けれど、どんな神でも、悪魔《あくま》でさえも構わないから、リークを助けてほしかった。

「……リーク、どこにも行くな」

眠ってしまった男は、震《ふる》える声に気づかない。アキトはリークの手をそっと握り、男の端整《たんせい》な顔を飽《あ》きることなく見守っていた。

「アキト、話があるんだ」

ガウリンにそう言われたのは、リークが倒《たお》れてから十日ほどたってからだ。

ガウリンと一緒《いっしょ》に会議室へ出向くと、トグリがすでに着席していた。

「な、何かわかったのか？」

深刻な顔でアキトが尋ねる。その質問には、ガウリンが答えた。

「実は昨日、トグリ先生と何か手がかりになるものはないかと、宮殿《きゅうでん》の書庫を探していたんだが……。そこで長らく閲覧《えつらん》禁止になっていた書物の中に、気になる話を見つけたんだ」

「気になる話……？」

ガウリンが深く頷《うなず》く。

「もともとバラ病はオメガではなく、アルファがかかる病だったんだよ」

「……なんだよそれ。どういうことだよ、じっちゃん」

「そう焦《あせ》るな、アキト。今から説明する」

トグリはそんな前置きをして、オメガとアルファの間に起こった史実を話し始めた。

遥《はる》か昔、オメガがリンデーン王国の王族たちに奴隷《どれい》として、様々な用途《ようと》で飼われていた時代。

アルファの間だけでバラ病が流行《はや》り、王族たちは次々と倒れていった。

その機に乗じて、今まで虐《しいた》げられてきたオメガの祖先たちが、持っていた知識を利用してバラ病の薬を作る代わりに、この国から独立したいと取引を申し出た。苦渋《くじゅう》の選択《せんたく》を迫《せま》られたアルファの国王はそれを受け入れ、薬とひきかえにオメガへ自由を与《あた》えたのだ。

「そ、そんな話、聞いたことがない」

反旗を翻《ひるがえ》して国ができたとばかり思っていたが、そんな経緯《けいい》があったなんて。

「もちろん、私も知らんかった。取引自体、秘密裏《ひみつり》に行われたものだからな」

トグリは説明を続けた。アルファにとっても、蔑《さげす》んでいたオメガに助けられたと広まれば、沽券《こけん》に関《かか》わる。だから、お互《たが》いに一切《いっさい》取引の内容を公表しないことを条件に、バラ病が終息した後、オメガたちは約束どおりリンデーン王国を出た。

そうして長い時を経《へ》て、リンデーン王国ではバラ病自体が忘れさられ、一方エアリス公国ではフィラネの花の効能だけが伝承として残ったのだ。

「祖先のオメガが作った薬によって、リンデーン王国のバラ病は根絶された。だが、時を越《こ》え、突然《とつぜん》変異を起こしたバラ病がオメガに広まり、さらにはアルファにも再び猛威《もうい》を振るい出した。幸いオメガ間の感染《かんせん》は、フィラネの薬によって終息したが……」

「お、俺たちの祖先は、アルファに効く薬をどうやって作ったんだ……？　その本に詳《くわ》しい作り方が載《の》ってんだろ⁉」

ガウリンが静かに首を横に振る。

「クソッ！」

アキトは悔《くや》しさを抑《おさ》えきれずにテーブルに拳《こぶし》を叩《たた》きつけた。

「アキト、聞いてくれ。諦《あきら》めるのはまだ早いんだ」

ガウリンが優《やさ》しい声で、アキトを励《はげ》ます。アキトは希望を求めて、ガウリンの言葉の続きを待った。

「文献《ぶんけん》には、特別なオメガの血とフィラネの花によって薬が作られたと書いてあった」

「特別な血……？」

しん、と辺りが静まり返る。

「アキト、お前の血だ」

トグリの言葉が理解できず、アキトはごくりと唾《つば》を飲み込んだ。

「じ、じっちゃん、俺の血ならいくらでもやるって。だけど、それがバラ病の薬の役に立つのかよ」

こくりとトグリは頷く。

「もしかするとお前の体の中の抗体《こうたい》が、薬になるやもしれん」

思ってもみない提案だった。アキトは緊張《きんちょう》のために、体が強張《こわば》るのを感じた。どんな小さなことでも、新薬を作る手がかりになれば……。

「ほとんどのオメガがバラ病にかかったが、お前だけはピンピンしていただろう。今までだって風邪《かぜ》ひとつひいたことがない。それに未《いま》だに発情が来ないのも、アキト一人だけだ。お前には何かしら特殊《とくしゅ》な抗体がある。調べる価値はあるだろう」

アキトはさっそく、自らの血を差し出した。念のため、リンデーンへ来ているオメガ全員の血も調べるらしい。トグリらの所見では、リークの黒い痣が全身に広がるまであと七日程度。それまでに薬が作り出せなければ、助けることが極端《きょくたん》に難しくなるという。

――死ぬなよ、リーク。

一人きりの階段で、情けなく目尻《めじり》に浮《う》かんだ水滴《すいてき》を拭《ぬぐ》った。先ほど血を多く抜《ぬ》かれた影響《えいきょう》か、少しだけフラついて階段の手すりにつかまる。

ふう、と息を吐いて、顔を上げた。アーチ形の窓から見えるのは、灰色の冬の空だ。あと数日もすれば、極寒《ごっかん》のリンデーン王国にも春が来るはずなのだ。

あと少し……あと少しで……。


アキトが血を差し出してから六日目を迎《むか》えようとしていたその日の早朝。肩を誰《だれ》かに優しく揺《ゆ》さぶられ、アキトは眠《ねむ》りから目覚めた。

「こんなところで寝《ね》るな、アキト」

リークは気遣《きづか》わしげに顔を曇《くも》らせている。窓の外を見れば、もう日が昇《のぼ》っていた。最近の睡《すい》眠《みん》不足がたたったらしい。よだれを拭いながら「悪い、寝坊した！」と、椅子《いす》から立ち上がった。

「謝るな。それより貴様、また寝台に行かずに、ずっと余のそばにいたのだな」

アキトの体を心配しているのか、リークはアキトが寝台でちゃんと寝ないことに、いつも苦言を呈《てい》していた。

リークには言えないが、もうすぐ期限の七日を迎えるため、アキトは気が気でなかったのだ。トグリたちが予想していたよりも、リークの病の進行は早かった。痣《あざ》はもはや足の先まで広がっていて、残っているのは首から上のみだ。

アキトにできるのは、身の回りの世話しかない。たとえ睡眠時間を削《けず》ったとしても、片時もリークのそばを離れたくなかった。

「今日も冷えるな。待ってろ、リーク。今、体を拭《ふ》く準備をするから……」

「もうよいのだ、アキト」

「もういいって……どういう意味だよ」

リークは黒い痣が広がった自身の指から、おもむろに指輪を抜き取った。

「なんのまねだよ、リーク」

心臓が痛むほどの嫌《いや》な予感に襲《おそ》われる。

「余には時間がない」

あまりにも泰然《たいぜん》としたリークの態度に、アキトは言葉にできない苛立《いらだ》ちと焦燥《しょうそう》を覚えた。

「な、なんでそんなこと言うんだよ」

「己《おのれ》の体は、己が一番よくわかっている」

紋章《もんしょう》の入った王家の指輪は、そうやすやすと外していいものではない。今までだって、ザランから受け取ったあの日以来、リークは肌身《はだみ》離《はな》さず身につけていたのだ。

「次の王にはガウリンを指名する。貴様は好きなように生きろ」

「す、好きなようにって……」

カタカタと指先が震える。リークはいったい何を言おうとしているのか。理解したくない。耳を塞《ふさ》いでしまいたい。

「これは最後のわがままだが、離縁《りえん》はしない。……アキト、貴様の夫は一人だけでいい」

毅然《きぜん》と喋《しゃべ》ってはいるが、リークの胸は苦しそうに上下していた。アキトはいやいやと首を振《ふ》る。

「誰に抱《だ》かれようと、誰を抱こうと、忘れるな。貴様は余のものだ」

それ以上言うな。そう怒鳴《どな》ってやりたいのに、何も言葉にならなかった。

「今までご苦労であったな」

心臓が握《にぎ》りつぶされたみたいに痛む。これじゃあまるで遺言《ゆいごん》ではないか。

声にならない声が、ひゅうひゅうと喉《のど》からこぼれ落ちる。目を合わせようとしないアキトを、リークの低い声が叱《しか》った。

「よく聞け。……おそらく、余の命は夜までは持たぬだろう。今も……刻々と死が近づいてきているのがわかるのだ。お別れだ、アキト。最後に貴様の顔を……よく見せろ」

弾《はじ》かれたように、アキトは顔を上げる。リークは穏《おだ》やかな微笑《ほほえ》みを浮かべていた。なんで今、そんな顔で笑えるんだよ。アキトの胸が締《し》めつけられている間にも、黒い痣は音もなくリークの首筋を這《は》う。

「だ、誰か人を……！」

トグリでも、ガウリンでも、誰でもいいからリークを助けてくれ。

「行くな」

腕《うで》を摑《つか》まれ、アキトは動きを止める。

「行かないでくれ。どのみち消える命だ……だとしたら、余は貴様と二人きりで別れを迎えたい」

怒《いか》りと悲しみと、耐《た》えきれないほどの絶望が、一気に押し寄せる。

「……いやだっ、お別れ、なんて、しっ、しねぇ……お前が死ぬなら、おれもっ、俺も死ぬ！置いていくな、リーク！」

強く手を握られた。リークはひどく苛立ったように眉《まゆ》を吊《つ》り上げ、アキトを叱る。

「馬鹿《ばか》なことを申すな！」

どこまでも凜《りん》とした声に、ぎゅうぎゅうと心臓を絞《しぼ》られた。

「嫌だ……嫌だっ……嫌だ、嫌だ！　いや、だ……いやだいやだ！」

リークの手に縋《すが》り、何度も頭を左右に振った。その間も首から顔へ、黒いバラの模様がゆっくりと上昇《じょうしょう》し、リークの肌を侵食《しんしょく》してゆく。全身に痣が広がれば、どんな屈強《くっきょう》な男であっても死からは逃《のが》れられない。

「あ、痣が……、クソッ！」

震《ふる》える手でリークの首筋に触《ふ》れた。消えろ、消えろ、と何回も唱える。

「恐《おそ》れるな、アキト。余の魂《たましい》はいつも貴様と共にある」

リークの言葉を受け、かぁっと全身が燃えるように熱くなった。

「うっ、嘘《うそ》つくんじゃねぇよ！　何が魂だ！　お前の魂が何をしてくれんだよ！　誰が俺に減らず口を叩くんだよ！　誰が俺の唇《くちびる》を塞いでくれんだよ！　誰が俺に……」

——誰が俺に……こんなにも苦しくて愛《いと》しい思いを与《あた》えてくれる。

「リーク、俺を殺せ……」

もうそれしか方法は残されていないように思えた。腰《こし》に差していた剣《けん》を抜こうとすると、リークの手に制される。

「い、一緒《いっしょ》に連れて行け、リーク」

ぽろぽろと落ちる涙《なみだ》もそのままに、アキトはリークに願った。離れたくない。この男がいない世界なんて、意味がない。

頷《うなず》いてほしかったが、リークは悲しそうに首を振るだけだった。

「なんで……だよ、連れて行ってくれよ」

吹《ふ》きすさぶ冬の風が、ガタガタと窓ガラスを揺らしていた。二人の春は、未《いま》だ遠い。

「アキト、さ……け、は……」

「な、なんだ、リーク」

「酒は……飲みすぎる、な。他《ほか》の、男に……むや、みに、肌を見せるな」

「わ、わかった！　そうする！　そうするから！」

本当はそんなのどうだっていい。だって、お前がそばにいて、俺を叱ってくれればいいじゃねぇか。

げほげほとリークが咳《せ》き込み、アキトは彼の背中を泣きながら擦《さす》った。ゆっくりと寝台《しんだい》に寝かせると、リークが無理をして口元を上げたのがわかった。

「……泣く、な」

「泣かせてんのは、そ、そっちだろうが……！」

震える唇を一生懸命《いっしょうけんめい》動かして、リークが優《やさ》しく微笑む。

「アキト、あ、……い……」

愛している、と聞こえた気がした。

「な、なんだよ……リーク、き、聞こえねぇよっ、もう一回……もう一回言ってくれ」

リークは何も言わない。瞳《ひとみ》は辛《つら》そうに閉じられ、呼吸も荒《あら》い。アキトは顔まで広がってしまった黒い痣を、呆然《ぼうぜん》として見つめた。

カラン、と乾《かわ》いた音を立て、リークの手から王家の指輪が落ちる。急いでそれを拾い上げ、リークの手を握った。

「な、なぁ、リーク、ランタンすげぇ綺麗《きれい》だったよな。来年も、見に行こうぜ。二人で宮殿《きゅうでん》を抜《ぬ》け出して……それで、あの店でウインナーが入ったスープを飲んで……。ほ、ほら、来年だったらお前も成人だもんな。酒も飲もうぜ。心配すんなよ、どんなにお前が酔《よ》っ払《ぱら》っても、俺がおんぶしてやるから。大丈夫《だいじょうぶ》、前みたいに迷惑《めいわく》かけたりしねぇから」

これが夢なら、どうか今すぐ覚めてくれ。リークの手は、もうアキトの手を握り返してはくれない。

「そ、そうだ、リーク……こ、子守唄《こもりうた》を歌ってやるよ……。今度は、ちゃんと……音を外さないように、う、歌うから……なぁ、お、起きろ……起きろよ」

これが運命なのか。こうなることが最初から決まっていたのか。リークの体を抱き締めて、アキトは声を荒らげる。

「頼《たの》むよ……なぁ……行くな……俺を残して死ぬなっ、リーク！　おい、リーク！　いやだ……いやだっ」

いくつもの涙がリークの顔に落ちる。アキトは狂《くる》ったようにリークの名を叫《さけ》び続けた。

いったいこの男が何をしたというのだ。傲慢《ごうまん》だけれど、真面目《まじめ》な男だ。不器用で、でも優しくて、毎日、毎日、この国の未来を一心に考え、身を粉にして尽《つ》くしてきたではないか。一生、セックスできなくたっていい。リーク、お前がそばで笑って、怒《おこ》って、泣いて、拗《す》ねて、そんなふうに生きてさえいてくれたら……。

「リーク……リーク！」

どれくらい叫んでいただろうか。荒かったリークの息が段々と弱くなっている。なんて理不《りふ》尽《じん》で残酷《ざんこく》な世界だろう。リークの死はすぐそこまで来ていた。

「……馬鹿だな、リーク。お前一人で、いかせるかよ」

どんな神様だって、俺とリークを引き裂《さ》くことはできない。ゆっくりと腰にある剣に手を伸《の》ばしかけたその時、何者かの声が響《ひび》いた。

「アキト！　できた！　できたぞ！」

何人もの足音がバタバタと近づいてきた。勢いよく開かれた扉《とびら》の先にいたのは、アルファとオメガの医師たちだ。先頭にいたトグリが、早口でまくしたてる。

「こりゃあまずい！　ガウリン、時間がない！　さっさと打て！」

放心状態のアキトを尻目《しりめ》に、ガウリンは急いでリークの腕を消毒すると、ガラスの注射器を取り出した。

「――っ」

何かの液体を注射されたリークが、かすかに身じろぐ。弱々しかったリークの息遣《いきづか》いが、少しだけ戻《もど》った気がした。すかさずトグリが、リークの全身をくまなく診察《しんさつ》する。そして心音を聞いた後、「よし」と声に出した。

「なんとか間に合いましたね、トグリ先生」

横にいたガウリンが、ほっとした様子で目尻を下げる。

未だ状況《じょうきょう》が摑めない。アキトは泣きはらした目で、ガウリンとトグリを交互《こうご》に見上げた。リークの表情は幾分《いくぶん》か穏やかになったように見えるが、全身に広がった痣《あざ》には未だになんの変化も起こっていない。

「ど、どういうことだ、ガウリン」

「薬ができたんだよ。アキト、もう大丈夫だ」

「……ほ、本当に？」

子どものように情けない声が出た。ガウリンが自信満々に頷いても、アキトは縋るように、もう一度問う。

「リ、リークは……本当に助かったのか？」

「ああ、そうだよ、アキト！　先にカラム大臣に薬を打っていて、効果は実証済みだ」

「ほ、本当に……本当に、リークは生きられるのかっ？」

黒い痣のあるリークの手をぎゅっと握《にぎ》り締《し》めながら、アキトはガウリンに何度も尋《たず》ねた。

「そうだと言っとるだろう！　まったく、しつこい野郎《やろう》だ。二、三日もすれば痣も消える。心配するな、アキト」

口を挟《はさ》んできたトグリに頭を撫《な》でられ、アキトは胸がいっぱいになった。

もう病に怯《おび》えることはない。リークは大丈夫なのだ。ひとつひとつ自分に言い聞かせてみたが、うまく思考が働かない。

「アキトの血を調べた結果、やはり特別な抗体《こうたい》があったんだ。その抗体とフィラネの花を組み合わせて、薬を作った。しかし、ギリギリだったね。間に合って本当によかった」

「なんて言ったらいいか……ありがとう……みんなのおかげだ」

涙を流しながらアキトが医師たちに向かって述べると、アルファもオメガも関係なく、誰《だれ》もが喜びに満ちあふれた表情を浮《う》かべた。

「礼を言わなければならないのは、私たちのほうだよ、アキト。貴殿《きでん》の抗体と行動力のおかげで、この国のアルファは助かったんだからね」

ガウリンはまるで忠誠を誓《ちか》う騎士《きし》のように跪《ひざまず》いて、アキトの手を取った。

「アキト王妃《おうひ》陛下。我が国の王妃になってくださったことを、心から感謝致《いた》します」

手の甲《こう》に口づけられ、胸の中で熱い感情が込み上げる。際限なく涙が頰《ほお》を濡《ぬ》らしていた。

「や、やめろよ、ガウリン。そんなこと言われたら、俺の涙腺《るいせん》がぶっ壊《こわ》れる……」

アキトは嗚咽《おえつ》が漏《も》れる口を片手で覆《おお》った。

一人じゃなんにもできなかった。ガウリンたちは、寝《ね》ずに薬を開発してくれたし、それにレガルたちも王が不在の宮殿で今も踏《ふ》ん張ってくれている。アルファ、ベータ、そしてオメガ、皆《みな》が同じ方向を向いていてくれたからこそ、アキトはここに立っていられるのだ。

アキトがいつまでもしゃくり上げていると、ガウリンは美しい笑《え》みを浮かべ、

「ああ、なんて可愛《かわい》いんだろう、君は！」

とアキトをぎゅうぎゅうと抱《だ》き締めてくる。予想だにしなかったガウリンの行動に、驚いたアキトの涙はすっかり止まってしまった。

「いや、ガウリン。可愛くはねぇだろ……」

抱き締められながら呆《あき》れていると、ガウリンは「どうして？　君は出会った時からずっと可愛かったよ？」と真面目な顔で反論する。この美青年はいったい何を言っているのだろう。

「おいおい、ガウリン。放してやれ。リーク陛下が知ったらカンカンだろうよ」

「おっと……そうですね、トグリ先生。みんな、絶対にリークには内緒《ないしょ》だよ？」

冗談《じょうだん》ぽく舌を出したガウリンが、ぱっとアキトから手を離す。トグリが豪快《ごうかい》に笑い出し、アキトもつられて「ふはっ」と噴《ふ》き出した。そして、しまいには部屋にいる全員が笑い始めた。

「さて、我々はもうひと頑張《がんば》りするかな。ガウリン行くぞ」

「はい、トグリ先生！」

ガウリンとトグリは、すっかり師弟《してい》関係ができているようだった。ワルターや他のアルファ

にも薬を投与《とうよ》するとのことで、彼らはすぐ部屋から出て行った。
残されたアキトは、リークが目覚める瞬間《しゅんかん》を、今か今かと待ちわびていた。

4　運命の番《つがい》

「なぜ生きている」

星が煌々《こうこう》と輝《かがや》く夜。ようやく目覚めた男の第一声は、それだった。

薬を投与してから二日目、リークは全身を覆っていた黒い痣が、己《おのれ》の体から消えているのを確認《かくにん》して目を見開く。

アキトは無言でリークの指に、王の証《あかし》である指輪を嵌《は》めた。そして泣きすぎて腫《は》れたまぶたを何回か瞬《またた》かせ、リークにしがみつく。たとえ離れろと言われようが、絶対に退《ど》かないつもりだった。

「おい、アキト。説明をしろ」

困ったようなリークの声が鼓膜《こまく》を揺《ゆ》らしたが、アキトはますます抱き締める手に力を込めた。

「俺の抗体でお前は助かったんだ。感謝しろ、リーク」

抱きついたまま睨《にら》みつけると、リークはアキトの後頭部を撫で「まさかその説明で終わらせる気か」と困惑《こんわく》したように笑みを浮かべる。

アキトは、リークが目を覚ますまでのいきさつを訥々《とつとつ》と話した。そして、オメガとアルファが国を別《わか》つまでの顛末《てんまつ》も伝える。案の定、リークも初めて聞いたらしく、驚《おどろ》いていたようだった。

リークが目覚めるまで、このまま一生目が覚めないのではないかと気が気でなかった。すべてを話し終えると、ようやく緊張《きんちょう》が解けると同時に、抑《おさ》えていた感情が溢《あふ》れ出るのを感じた。

「俺に言うことがあるだろう」

「そうだな……礼を言おう、我が妃《きさき》。本当によくやってくれたな」

アキトは首を振《ふ》る。違《ちが》う、こんな言葉が聞きたいわけじゃない。

「お前は俺を残して、一人にしようとした……。ひ、一人で死んじまおうとしたんだ！」

アキトはまた泣きそうになって、強く唇《くちびる》を噛《か》み締めた。笑うのをやめ、神妙《しんみょう》な面持《おもも》ちでリークは言葉を発する。

「悪かった。許してくれ、アキト」

「許さねぇ！　俺がどんな思いで、今まで……」

「たくさん泣かせてすまなかった。貴様には本当に苦労をかけた」

誰もがわかる八つ当たりなのに、リークは律儀《りちぎ》にも謝罪を述べる。

目尻《めじり》へ伸《の》びる指先に、猫《ねこ》のように顔をすり寄せた。リークが生きている、本当はそれだけで、どんな苦労も苦労だとは思えない。

「お前がっ、……死ななくて、よかったっ」

腫れた目から、また涙《なみだ》がぽろりとこぼれる。

「お前が死んだらどうしようって……ずっと怖《こわ》かった」

リークはまるでただの青年になってしまったように、心許《こころもと》ない笑顔を見せた。

「泣くな、アキト。貴様が泣くと、余の胸は痛み、どうしていいのかわからなくなる」

「泣いてねぇよ、馬鹿《ばか》」

ずずっと鼻水をすする。リークは心配そうに、アキトの頰を撫で続けていた。

最初は本当に嫌《いや》な奴《やつ》だと思った。冷酷《れいこく》で傲慢《ごうまん》。それでも、不器用で実直でまっすぐなこの男に、こんなにも惹《ひ》かれてしまったのだ。

「……好きだ、リーク」

ずっと伝えたかった言葉が、ようやく口から出た。うわずった声になったのが恥《は》ずかしくて、思わず顔をうつむかせる。

「今、なんと言った。アキト」

ふいに手首を引き寄せられる。

「あっ」

気づけば寝台《しんだい》に押し倒《たお》され、両手をシーツへと縛《しば》りつけられていた。

「あ、危ねぇっ、お前、急に動いたら、だめだろ――」

「誠《まこと》か？　本当に余が好きか？　答えろ、アキト」

リークの強い瞳《ひとみ》が、閃光《せんこう》のようにアキトを貫《つらぬ》く。あまりの羞恥《しゅうち》に、肉体だけ残して魂《たましい》がどこかに行ってしまいそうだ。この期《ご》に及《およ》んで嘘《うそ》だとは言えず、アキトは蚊《か》の鳴くような声で囁《ささや》く。

「す、好きだよ」

両手を掴《つか》まれている手前、熱いまなざしからはどうやっても逃《に》げられなかった。

「聞こえぬ。もう一度」

「だから、リーク、お前が……す……き、だって」

「もう一度」

「お前なぁ！　いい加減にっ……」

からかわれているのかと思い、アキトは声を荒《あら》らげたが、両手を拘束《こうそく》するリークの表情はひどく追《つ》い詰められていた。なんて奴だ。そんな顔をされたら、本音を言うしかなくなる。

「好きだよ。俺はリーク・ヴァルテンが世界で一番大好きだ！　信じらんねぇことに、愛しちまってんだよ！　どうだ、わかったか、ばーかばーか！」

苦しそうだったリークの顔が綻《ほころ》ぶ。

「余も……愛している、アキト」

いつになく甘くて、切羽詰《せっぱつ》まったような声を聞き、男でも子を宿すことのできる腹の奥がズクンと疼《うず》く。腫れたまぶたの痛みも、窓を叩《たた》く冷たい風の音も、すべてが一瞬で気にならなくなった。

「アキト、本当に愛している……。余の愛《いと》しい妃」

リークが声を出すたび、内側から殴《なぐ》られているかのような強い衝撃《しょうげき》が走った。息は大きく乱れ、どっと汗《あせ》が噴き出す。

「あ……あ……」

「どうした、アキト？」

まさに突然《とつぜん》のことだった。異様に体が熱く、声もうまく出せない。体の熱に耐《た》えきれず腰《こし》を動かすと、太ももに服が擦《こす》れただけで全身がぞくぞくした。

ずっと発情なんてこないのだと思っていた。それでもいいと受け入れたつもりだった。けれど、リークに愛されていると知った今――。

「リ、リーク……もっと、言え。お、俺を、愛してるって……」

リークの黒瞳《こくとう》を見つめ、甘ったれた声を出す。リークは息を呑《の》んだように静止した後、泣きそうな顔で笑い、もう一度アキトへ告げた。

「愛している、アキト」

腰を引き寄せられ、リークの熱い息が耳朶《じだ》にかかった。その刹那《せつな》、追い打ちをかけるように、体の奥で何かが弾《はじ》ける音がした。

「リーク、こ、怖い……俺、発情してる」

「大丈夫《だいじょうぶ》だ。余がここにいる」

強く手を握《にぎ》ってくれたリークと目が合う。アキトは「うん」と素直《すなお》に頷《うなず》いた。どんなことがあっても、リークさえいてくれたら大丈夫だと思える。

「苦しくはないか？　アキト、抑制剤《よくせいざい》は？」

アキトは小さくかぶりを振って答えた。

「せっかく発情したんだ。……今はこのままがいい」

「わかった。苦しくなったらいつでも申せ。……しかし、なんと甘い匂《にお》いだ。食べ尽《つ》くしてしまいたくなる」

リークはアキトのうなじに顔を寄せ、ぺろりと舐《な》め上げた。初めて感じるむずがゆい痺《しび》れが、頭からつま先までチリチリと走る。

「あっ……。そ、そこはだめだ。くすぐったい」

吐息《といき》混じりにそう告げると、こく、とリークの喉仏《のどぼとけ》がわかりやすく上下した。

「誠にそそる。今の台詞《せりふ》を、もう一度言え」

「馬鹿」

息がどんどん荒くなる。怖くなってリークの手を握ると、強く握り返してくれる。言葉もなく、互《たが》いの存在を確かめ合うように、目が眩《くら》むほどの切なくて激しい口づけを交《か》わした。

「……んっ……、はぁっ」

唇を重ねるたび、オメガの発情香《はつじょうこう》はどんどん濃密《のうみつ》になってゆく。そして、それに伴《ともな》ってリークのアルファの香《かお》りも強くなった。

気づけば、リークの瞳には、先ほどまでとは明らかに違う欲望の色が浮《う》かんでいた。まるで獲物《えもの》を見つけた肉食獣《にくしょくじゅう》のように、アキトを捉《とら》え、荒い息遣《いきづか》いを繰《く》り返している。

「アキト……愛しい我がオメガ」

そそり立ったリークの下半身を見て、アキトは目を見張った。

「リーク、お、お前も、まさか、発情して……！」

「ああ、そうだ。貴様を今すぐに抱《だ》きたくてたまらない」

リークはとても切なそうに、兆《きざ》した性器を押しつけてくる。凶暴《きょうぼう》な雄《おす》の象徴《しょうちょう》は、想像していたよりも大きい。だけれど、不安よりも、早くリークを飲み込んでしまいたいという衝動《しょうどう》が勝った。

「抱けよ。俺だって……ずっとそうしてほしかった」

体は限界だった。自分の中の欠落が辛《つら》い。このぽっかりと空いた穴を埋《う》めてほしい。一刻も早く、リークが欲しい。

「リーク、は、早くっ」

余裕《よゆう》をなくしたリークにまた唇《くちびる》を奪《うば》われ、もつれ合いながら、互いの服を脱《ぬ》がせ合った。

アキトは四つんばいになり、はしたなく尻を突《つ》き上げた。まもなく圧倒的《あっとう》な質量がナカに入り込んできて、悲鳴にも似た歓喜《かんき》の声が口から漏《も》れる。

「――あぁっ！」

挿《い》れた瞬間《しゅんかん》から、気持ちよさが全身を駆《か》け抜《ぬ》ける。グチュグチュと湿《しめ》った音が鼓膜《こまく》を揺《ゆ》らし、あまりの快楽に目の前がチカチカした。今まで感じたこともない感情が一気に体を支配する。

気持ちいい、けれどひどく怖い。こんな交わりを知ってしまったら……こんなにもリークを体の奥に受け入れてしまったら……。

「アキトッ、貴様は……余の、ものだっ。誰《だれ》にも渡《わた》さないっ！」

待ってくれ、と言葉を吐《は》き出す暇《ひま》もなく、何度も最奥《さいおう》を貫かれた。獣《けもの》のようなリークの息遣いが耳元で弾ける。

「あぁ……あんっ！」

今まで出したこともない淫《みだ》らな声が、よだれと共にシーツにこぼれ落ちた。もはやためらいも羞恥もない。本能で快楽を貪《むさぼ》っていた。リークによって広げられた内膜《ないまく》は、さらなる律動を求めてうねっている。

「あっ、……や、……あっ」

「余を欲しがれ……もっと、もっとだ、アキト！」

「あっ、リーク……んぁっ！」

そうだ、リークが欲しい。もっと、もっと、もっと、もっと。

答えは言葉にならなかった。後ろから穿《うが》たれながら、首だけを捻《ひね》って口づけを交わす。与《あた》えられ、飲み干したリークの唾液《だえき》は、蜜《みつ》のように甘く感じられた。

「貴様が愛おしくて……たまらない……。めちゃくちゃにしてやりたいのに、壊《こわ》したくない。

余はどうすればいい」

「や……あっ、あっ！」

　また最奥を貫《つらぬ》かれて、背がしなる。後ろからリークの手が胸元《むなもと》に回り、小さな飾《かざ》りをつねられれば、許容を超《こ》える疼きが体を駆け上がった。

「やっ、やだっ、そこ……」

　消えかけた羞恥心《しゅうちしん》が、アキトの心に戻《もど》る。

「嘘をつくな。こんなにも甘い匂いをさせおって」

　痺れるような低い声が、耳をぞくぞくさせた。耳朶を舐められながら、赤く色づいた突起《とっき》を強く引っ張られ、もはや制御《せいぎょ》できない喘《あえ》ぎ声が延々と口から漏れ続ける。

「んぅっ！　……あっ、あっ、やっ、……あぁっ」

「なんと愛《う》い声だ。もっと聞かせてくれ、アキト」

　どこを触《さわ》られても気持ちいい。暴力にも似た快感は、絶え間なくアキトの射精を促《うなが》す。精を吐き出しながらビクビクと痙攣《けいれん》していると、リークはより一層腰を打ちつける。

「やめっ、……イッてるのに……、リーク！」

　卑猥《ひわい》な音が部屋に響《ひび》き渡り、どうにかなってしまいそうだった。

「……許せ、アキト。貴様はどこもかしこも甘い」

　リークに舐められたうなじが、ジンジンと熱を持つ。そのうち噛《か》んでほしくてたまらなくな

る。

「リーク……噛めっ。……うなじを、早く……噛んで……！」

二、三回狙《ねら》いを定めるように舌を這《は》わせた後、リークは一気にうなじを噛んだ。その刹那、まるで雷《かみなり》に打たれたような衝撃が体を走る。

「んぅ……あぁ、あああっ！」

リークのすべてを搾《しぼ》り取ろうとして、ナカが激しく痙攣する。最奥に向かって腰を押しつけていたリークは「ううぅ」と猛獣《もうじゅう》のような唸《うな》り声を上げて、ぴったりとアキトにしがみついてきた。温かな精で体内が満たされたのを強烈《きょうれつ》に感じ、アキトは恍惚《こうこつ》にも似た歓喜に魂《たましい》を震《ふる》わせる。

リークと番《つが》えた。誰に教わったわけでもないが、まるで初めからこうなるのが決まっていたようだった。

自分はもうリーク・ヴァルテンのものだ。そしてリーク・ヴァルテンも自分のものになった。何物にも代えがたい幸福感。これが番うという感覚なのか。

絵本に書いてあるとおりだった。失っていた半身を取り戻したように、心が満たされ、幸福に包まれてゆく。

「リーク、お前が俺の運命の番《つがい》だったんだな……」

アキトの目からぽろりと涙《なみだ》がこぼれ、リークは笑った。

「ああ、余もはっきりと感じた」

絶え間なく落ちるアキトの涙を、

「我が妃は、誠《まこと》に泣き虫だな」

とリークが拭《ぬぐ》う。愛《いと》しくて、愛しくて、胸が切ない。

「愛している、アキト。……もっと、貴様をくれるか？」

精を放っても硬度《こうど》を失わないそこが、またアキトを求めてその質量を増す。

求められていることが何より嬉《うれ》しい。心が燃えるように熱くなり、アキトも幾度《いくど》となくリークに口づけをねだった。


明け方の透明《とうめい》な光が、部屋の隅々《すみずみ》にまで行きわたっていた。目を開けると、愛おしそうに微笑《ほほえ》むリークに口づけられる。

「疲《つか》れたか、アキト」

まっすぐな愛情がどうにも気恥《きは》ずかしくて、アキトはただ小さく首を振《ふ》って否定した。初めての発情を迎《むか》え、夜通し交わっていた。途中《とちゅう》で様子を見にやって来たガウリンたちは、中の状態を察したのか、いつの間にかいなくなっていた。

正気に戻った今、とてつもなく恥ずかしい。けれど、リークは羞恥など微塵《みじん》も感じていないような慈愛《じあい》に満ちた微笑みで、アキトの髪《かみ》を梳《す》いている。いつもリークにしてやっていることだが、自分がされるとなると気恥ずかしさが勝つ。

「まだ足りぬ。……いっそ、貴様と繋《つな》がったままでいたい」

「ば、馬鹿《ばか》。俺のケツが大惨事《だいさんじ》だわ！」

アキトが赤い顔で叫《さけ》ぶと、リークはからかうように声を上げて笑った。

「安心しろ。もう何もしない。ただ愛しさを感じていただけだ」

そう素直《すなお》に言われると弱いのを、わかっているのではないだろうか。少しでも離《はな》れるのが嫌《いや》だと言いたげに、体を引き寄せられる。太ももや腹に垂れた精液が乾《かわ》いて肌《はだ》に張りついていたが、この調子だと湯浴《ゆあ》みには行かせてもらえないだろう。それにアキトも愛しい夫から離れがたかった。

アキトはリークの胸に頰《ほお》を寄せた。濃厚《のうこう》なリークの甘い匂《にお》いが鼻腔《びこう》をくすぐり、愛おしさで満たされる。

「アルファにとって性行為《せいこうい》は、子を生《な》すためだけのもの。決して楽しむべきではないと、そう教えられてきた」

アキトの髪を梳きながら、リークが真面目《まじめ》な顔をした。アルファ神の教えとして幼いころから性は罪悪だと刷り込まれてきたのならば、発情するオメガを淫乱《いんらん》だと蔑《さげす》むのもある程度は理解できる。

「お前……俺としたこと、後悔《こうかい》してんのか」

「まさか。貴様を喘がせるのは、至上の喜びであった」

にやにやと意地悪な笑《え》みを浮《う》かべた男の太ももを、足先で軽く蹴《け》った。

「あーあ、知らねぇぞ。そんなこと言って、アルファの神に八つ裂《ざ》きにされても」

先ほどまでの行為を思い出し、耳まで真っ赤にして悪態をつくと、リークはまばゆいばかりの笑みをたたえる。

「それでも構わない。死ぬまでに何度でもこの喜びを確かめてやろう」

そんな嬉しそうにされたら、何も言えやしない。アキトはリークの唇に急いで自身の唇を押しつけた。逞《たくま》しい胸板に顔を埋《うず》めながら、ぶつぶつとつぶやく。

「……まぁ、お前は頑張《がんば》ってるし……それに、どーせアルファの神様だって、好きな奴《やつ》が目の前にいたら、ヤりまくるに決まってるもんな」

リークは何を考えているのか、少しだけ悲哀《ひあい》の滲《にじ》むまなざしで、アキトを見つめた。

「今まで貴様を抱《だ》けないことが、誠《まこと》に心苦しかった。もしまた勃《た》たず、愛想《あいそ》を尽《つ》かされたらと思うと、その先には進めなかったのだ。……ずいぶんと寂《さび》しい思いをさせたな、アキト」

切ない感情が胸元に込み上げる。たとえ体で結ばれなくても、リークのそばにいたいと願っていた。もしかすると、アキトがリークに対してそう思っていたように、リークもアキトのことを考えては、人知れず深い悲しみを心に宿していたのかもしれない。

「お、俺はっ！　俺は別に……勃たなくてもよかったんだ。お前さえそばにいれば……それで……いいって思ってたから。でも、やっぱり、お前に抱かれるのは……すげぇ嬉しいよ」

どうにも調子が出ない。たどたどしくアキトが口にすると、リークの強張《こわば》った表情が崩《くず》れ、とろけそうなほど甘い笑顔に変わった。

「余も同じ気持ちだ」

腰《こし》を引き寄せられたアキトは、クソ、と心の中でつぶやいた。好きだ。もうどうしたってリークからは離れられない。

「勃たぬ間も、余は想像の中で何度も貴様を犯《おか》した。どんなに貴様が泣き叫んでもだ」

思いもよらない発言が熱く鼓膜《こまく》を揺《ゆ》らし、腹の辺りがぞくっとした。

「アキト、礼を言おう。貴様の発情香《はつじょうこう》のおかげで、余は導かれた」

こちらを射貫《いぬ》く黒い瞳《ひとみ》は、愛しさを惜《お》しげもなく伝えてくる。アキトは今までにないくらい素直な愛情を見せつけられ、ひどく困惑《こんわく》した。

「あー、だめだ……無理無理！　恥ずかしいんだよ。あんまこっち見んな！」

「ふんっ。自分の――」

言葉の途中でリークの口元を、手のひらで押さえる。

「自分の妃を見て何が悪い、だろ？　はいはい。どうぞ、好きなだけご覧ください！」

苦し紛《まぎ》れにそんなことを口走ると、リークはにんまりと笑った。アキトは髪をくしゃくしゃとかき混ぜる。

「……リーク、お前に頼《たの》みがある」

「なんだ。申してみろ」

「何人でも子を産んでやる。だから、俺以外の人間を抱くな」

リンデーン王国ほどの大きな国ならば、世継《よつ》ぎ候補は多ければ多いほど安心だろう。王家の血を守るために何人もの妾《めかけ》を侍《はべ》らせるのは、どこの国でもやっていることだ。けれど、たとえ傲慢《ごうまん》だと罵《ののし》られ、アルファの神から罰《ばつ》を受けようとも、アキトはリークを他《ほか》の人間に渡《わた》したくなかった。

リークは一瞬虚《いっしゅんきょ》を衝《つ》かれたように間を開けた後、声を出して盛大《せいだい》に笑い始めた。本気で言っているのに、そうやって茶化《ちゃか》されては腹も立つ。むっと唇《くちびる》を尖《とが》らせれば、リークにそこを甘く噛まれた。

「強く美しい我がオメガよ。貴様のすべては余のものであり、余のすべては貴様のものだ。妾を置くなど考えもしない」

「本当か……？」

「ああ、本当だ」

心の底から湧《わ》く歓喜《かんき》に、アキトは身もだえた。今すぐ全世界の人間に、自慢したくてたまらない。

「貴様も約束しろ。もう二度と余のあとを追って、死のうなどと考えるな」

低い声で窘《たしな》めてきたリークに、アキトはぎくりと肩を揺らす。

「それは……わかんねぇけどさ」

「アキト、約束だ」

「わ、わかったよ、約束だ！　めちゃくちゃ長生きしろよ、リーク！　じゃないと許さねぇからな！」

「その台詞《せりふ》、そっくりそのまま貴様に返してやる」

目が合うと、リークから口づけてくれた。今度はアキトが、角度を変えて唇を奪《うば》う。何度も、何度も、重ね合わせる。リークが生きている喜びで、また涙が出そうだ。

「アキト様！　リーク様！　レガルにございます！　完治なされたと伺《うかが》いましたが……！」

扉《とびら》の向こうで慣れ親しんだ声がして、ぎょっとした。抱き締《し》められていたリークの手を振り払《はら》い、がばっと勢いよく体を起こす。

「……やばい。レ、レガルだ」

素《す》っ裸《ぱだか》の己《おのれ》の状況《じょうきょう》を思い出し、アキトは顔を青くした。散々心配をかけている手前、こんな状況を見られたら、もう二度とレガルの前で大口は叩《たた》けない。

とにかく何か羽織ろうと、脱《ぬ》ぎ捨てた服に手を伸《の》ばす。

「レガル、待て！　ちょ、ちょっと待っ――――！」

「構わぬ。入れ」

すぐに扉が開かれる。レガルは部屋を一通り見回した後、きつく眉根《まゆね》を寄せた。

脱ぎ捨てられた服が散乱した寝台《しんだい》、裸の二人、アキトの体にいくつもある赤い痕《あと》、隠《かく》しきれない青臭《あおくさ》い性の匂い。説明しなくても、状況が如実《にょじつ》に語っている。

「なるほど……思っていたよりもお元気そうですね、リーク様。安心致《いた》しました」

「ああ、心配をかけたな」

久しぶりに会ったレガルは、心労のせいか少し頬が痩《や》せていた。アキトはバツが悪くなって、リークの背中にこっそりと隠れる。

「私がいない間に、お二人はだいぶ仲を深めていたようですが」

「そのとおりだ。アキトは初めて発情を起こし、余に抱かれた。数えきれぬほどにな」

「ほう、それはそれは……」

「馬鹿っ、おまっ——お前なぁ！」

事実だ、事実だけれど言い方ってものがあるだろう。焦《あせ》るアキトとは裏腹に、腹が立つくらいリークは動じない。

真っ赤な顔でリークの肩《かた》に拳《こぶし》を突《つ》き出すと、その手ごと包み込まれた。引き寄せられたアキトの耳に、熱っぽいリークの声が飛び込んでくる。

「いくらレガルとはいえ、そのような愛《う》い顔を見せるな」

「なっ、お前が余計なことを言うからだろっ！」

アキトの指先を自身の唇につけて、リークが嫉妬《しっと》心を露《あら》わにする。レガルの前だというのに、リークの視線に射貫かれると、散々弄《いじ》られた下肢《かし》がじわじわと濡《ぬ》れた。

「リーク様、アキト様、本当におめでとうございます。お喜び申し上げます。では、両陛下……後ほど参ります」

深々とお辞儀《じぎ》したレガルは、アキトににっこりと微笑《ほほえ》んで部屋を出て行った。後でレガルに散々からかわれるのだろうと想像したらめまいがした。

「だそうだ。よかったな、アキト」

「何がよかったなだ！　このクソアルファがっ！」

怒《おこ》った顔をしたいのに、照れが混じってしまい覚束《おぼつか》ない。

「ふんっ、余にクソアルファだの馬鹿《ばか》だのと刃向《はむ》かうのは、世界で貴様一人だけだ。不埒《ふらち》者め」

ほかの人間には冷徹《れいてつ》に思えるその台詞も、アキトにとっては最上級の愛の言葉に聞こえるから本当に困る。

「おい、リーク……不埒な唇にはどうすんだっけ？」

挑戦《ちょうせん》的な顔で睨《にら》みつけてやった。リークは相変わらず笑っていて、アキトの唇を親指で撫《な》でてくる。

「もちろん、これから嫌《いや》というほど塞《ふさ》いでやる」

吸い寄せられるように唇を重ねた。延々と濃厚《のうこう》な口づけを交《か》わした後、リークは澄《す》んだ瞳をアキトに向ける。

「オメガの姿を探しに行ったエアリスで、もう為《な》す術《すべ》がないと知った余は、目の前で毅然《きぜん》としていた貴様を道連れにすると決めた」

「共にリンデーンへ来い」と言った時、そんなことを思っていたとは。

「道連れって……相変わらずひでぇ野郎《やろう》だな」

軽い笑い声を立てる男に、アキトは呆《あき》れ返った。

「ああ……だが、あの決断は間違《まちが》っていなかった。貴様の強さと屈託《くったく》ない明るさに、余は救われた」

砂糖のように甘ったるい瞳に見つめられ、顔が否応《いやおう》なく紅潮する。

「わかったから、もういいって！」

逃《に》げても、逃げても、リークに口づけられる。やっと顔を背《そむ》けられたと思ったら、今度は体を抱《かか》えられて四つんばいにさせられた。まさかの格好に、アキトは驚《おどろ》いて声を出す。

「こっ、こんな格好……あ、おい！　そんなとこ……だめだって！　湯浴《ゆあ》みして、なっ、……こらっ……リーク……！」

接吻《せっぷん》だけでしとどに濡れた後孔《こうこう》に舌を入れられた。アキトは情けなく狼狽《ろうばい》し、身を捻《ひね》る。けれど、どんなに逃げようとしても、リークに腰《こし》を強く摑《つか》まれ引き寄せられる。

「……馬鹿っ……。何もしないって、言った、ろ……あっ！」

「動くな。貴様は黙《だま》って喘《あえ》いでいろ」

黙って喘げなんてどう考えても矛盾《むじゅん》している。けれど、欲望に駆《か》られた声で求められ、アキトはぞくぞくと背中に駆け上がる快感を抑《おさ》えきれずに、ただ嬌声《きょうせい》を漏《も》らした。

「ひっ……あぅ！　やめっ……お前、や、病《や》み上がりだろうがっ」

「安心しろ。手加減する」

「そ、そういう心配してんじゃねぇっ、……あっ、やっ……あぁっ！」

生温《なまぬる》い舌の感触《かんしょく》は気持ちいい。でも、決定的な刺激《しげき》とはならず、歯がゆさを覚えた。もっと奥を舐《な》めてほしいと言いそうになり、アキトは涙目《なみだめ》になりながらシーツを固く握《にぎ》り締める。

「腰が揺《ゆ》れてきたな。物足りぬか？　ならば、指も挿《い》れてやろう」

嬉々《きき》とした声が耳元で弾《はじ》けたと思った刹那《せつな》。

「──あぁっ！」

粘膜《ねんまく》に直接触《ふ》れられ、どんどん蜜《みつ》が溢《あふ》れるのが自分でもよくわかった。アキトは際限なくナカを痙攣《けいれん》させた。頭では理解しているのに、リークに触れられているという喜びに支配され、アキトは際限なくナカを痙攣させた。

「なんと淫《みだ》らな。オメガとはこんなにも濡れるものなのだな……。愛らしい。太ももまで垂れているぞ、アキト」

「い、言うな……。……ひっ……！」

ヒクつくナカをぐるりとかき回され、アキトは背をのけぞらせる。あまりに気持ちよすぎて、苦しくなってきた。

「そ、こっ、……やっ、あぁ」

「ここか。ここがいいんだな、アキト」

「や、めっ……あっ……あんっ！」

指で、舌で、これでもかと愛撫《あいぶ》をされる。自分の体からグチュグチュと卑猥《ひわい》な音がして、顔から火が出そうだ。リークの指で一番いいところを探し当てられ、アキトはシーツの上に白濁《はくだく》した液を放出した。

「あっ、だめだっ……よごれっ、ち、まう……」

咄嗟《とっさ》に伸ばした手は、リークに拘束《こうそく》される。出しても出しても、射精は終わらず、ずいぶんと長い間、吐精《とせい》感を味わった。まるでお漏らししたかのように、シーツはびしょ濡れだった。穴があったら入りたい思いで残滓《ざんし》を垂らしていると、「大いに出たな」とリークに耳元で囁《ささや》かれる。うるせぇ、だから言うなってば、馬鹿。

「愛《いと》おしい。……たまらない。もっとだ、もっと出せ、アキト」

「……や、あ」

手加減するだなんてどの口が言った。睨みつけても、気にもしていない。

　その後、何回も後ろで達《い》かされ、そして前でも達かされた。アキトはまた「挿れて」と懇願《こんがん》するように仕向けられ、へとへとになるまでリークに翻弄《ほんろう》され続けたのだった。

　リンデーン王国に待望の春がやって来た。宮殿《きゅうでん》の庭には、色とりどりの花が咲《さ》き乱れている。ガウリンたちが開発した新薬のおかげで、すべてのアルファのバラ病は完治した。リンデーン王国は日常を取り戻《もど》し、リークは再び国王として忙《せわ》しない日々を送っている。アキトの抗体《こうたい》のおかげで、バラ病が終息に向かった事実は、リークの口から大々的に民衆に発表された。これには、オメガの印象を少しでもよくしたいというリークの思惑《おもわく》もあったようだ。ワルターを始めとする大臣らも、オメガの献身《けんしん》的な看病に恩を感じているのか、だいぶ態度が軟化《なんか》してきている。

　もちろんオメガへの偏見《へんけん》はまだ残っており、課題は山積みだが、アキトはリークさえ隣《となり》にいればなんとかやっていける気がしていた。

　ガウリンは医師の道を究《きわ》めるため、トグリの後を追い、エアリス公国への留学を決めた。今後、ガウリンが得る数々の知識は、リンデーン王国の未来の子どもたちに、有益に使われるだろう。

　アキトの初めての発情期は、通常のオメガのそれより長い間続いた。トグリによれば、今まで発情期がなかった分の反動が出ているらしいが、特に心配はいらないようだ。性交渉《せいこうしょう》すればするほど体にいいと、にやにやした顔で言われ、アキトは閉口した。

発情期十日目、アキトは「部屋で待っていろ」というリークの言いつけを守り、一日中大人しくしていた。リークと番《つがい》の関係になったので、発情しても他《ほか》のアルファやベータを誘惑《ゆうわく》することはないが、リークとしては心配らしい。

「なぁレガル……俺、おかしくなったかもしれねぇわ」

体が怠《だる》くて、ずっと熱があるみたいにふわふわとしている。

アキトは裸足《はだし》で床《ゆか》に降りると、ワードローブからリークの外套《がいとう》を取り出し、くんくんと匂《にお》いを嗅《か》いだ。何度嗅いでも足りなくて、そのまま寝台《しんだい》まで引きずる。

「このとおり、リークの匂いがそばにないと、なんか不安になんだよ」

恥《はじ》を忍《しの》んで、アキトは様子を見に来てくれたレガルにつぶやく。レガルはリークの服に埋《うず》まるアキトを凝視《ぎょうし》し、冷静に頷《うなず》いた。

「番《つが》ったオメガの正常な反応です。発情を迎《むか》えたオメガは、アルファの匂いをちりばめて巣を作ると聞いたことがございます」

「巣作り……ねぇ」

半信半疑だったが、もっとリークの匂いを感じたいという思いは、刻々と強くなっていた。初めての衝動《しょうどう》に頭を悩《なや》ませていると、部屋を出ようとしていたレガルが、まっすぐな視線でアキトを射貫《いぬ》く。

「アキト様」

「な、なんだよ」

あまりに真剣《しんけん》な顔をするから言い淀《よど》んでしまった。ドアノブに手をかけて、レガルはにっこりと微笑《ほほえ》む。

「私はアキト様とリーク様の赤子を抱《だ》くのが、今から楽しみで仕方ありません。それでは、失礼致《いた》します」

ばたん、と閉まった扉《とびら》を呆気《あっけ》にとられて見つめた。込み上げたのは小さな苦笑《くしょう》だ。

「……っとに、気が早《はえ》ぇなぁ。俺の優秀《ゆうしゅう》な従者は」


空が暗くなっても、リークは戻ってこなかった。バラ病で倒《たお》れていた間に、ずいぶんと政務もたまっていたのだろう。手伝うつもりだったのに、アキトの体が心配だからと絶対にうんとは言わなかった。頑固《がんこ》者め。

一人で食べる夕餉《ゆうげ》はなんと味気ないことか。アキトはふてくされながら、またワードローブを開けた。もっとリークの匂いを嗅ぎたいと何の気なしに服を取り出し、あ、と声を上げる。

見つけたのは、初めて会った際にリークが羽織っていたオコジョの毛皮だった。あの時のリークを思い出す。人間離《ばな》れした美しさに、アキトは魅了《みりょう》された。

柔《やわ》らかな毛に顔を埋《うず》め、大きく息を吸う。わずかにリークの匂いがして、全身が粟立《あわだ》った。

匂いを楽しむだけでは足りず、式典で着るための正装も取り出して、寝台に隙間《すきま》なく敷《し》き詰《つ》めた。リークの服が山をなしている。後でレガルに皺《しわ》になると怒《おこ》られそうだが、今は衝動に従いたかった。

「早く帰って来い……リーク・ヴァルテン」

窓の外には、美しい銀食器のような満月が浮《う》かんでいた。

寂《さび》しい……寂しくてしょうがない。泣き出してしまいそうな切なさを感じ、アキトはとうとう下穿《したば》きをくつろげて、自分の後孔に手を伸《の》ばした。触れた瞬間《しゅんかん》に、くちゅりと音が鳴る。そこはどんな言葉よりも雄弁《ゆうべん》に、リークを咥《くわ》えたいと主張していた。

「んっ……リーク……リークゥ……」

甘ったるい声でリークの名を呼んだ。ナカを自分でかき回せば、気持ちよさと、そしてそれを上回る切なさが体を襲《おそ》う。欲しいのはこれじゃない。リークの熱を求め、アキトのナカはきゅうきゅうと指を締《し》めつける。

「これじゃやだ……、リークがいい。リーク、どこに行ったんだよ……」

「ここにいるだろう、アキト」

驚《おどろ》いて顔を上げた。いつの間にやら扉にもたれたリークが、片方の口角を上げ、やけに潤《うる》んだ瞳《ひとみ》でこちらを射貫いている。アキトはそのままの状態で固まった。いつだ、いつから見られていた。

「なぜやめる。貴様の感じる様をもっと見せてみよ」

パクパクと口を動かしながら、慌《あわ》てて下穿きを整えた。

「……おっ、お前が遅《おせ》ぇから！」

赤い目で睨《にら》みつけると、リークは寝台に上がって宥《なだ》めるように口づけてくる。

「すまなかった。色々と後始末があってな」

通常のアキトなら「別に気にするな」と軽く流す場面だが、今日は言えなかった。本人を目の前にしたら、どうしてもっと構ってくれないんだと余計な台詞《せりふ》を吐《は》き出しそうになる。発情期とは本当に恐《おそ》ろしい。

「しかし、先ほどレガルから聞いていたが……まさか、誠《まこと》に巣を作っているとはな」

寝台に山をなしている衣服を眺《なが》めて、リークは笑った。アキトだけに向けてくれる柔らかな笑《え》顔《がお》を見ていると、胸がときめいてしかたない。

「とてもいい巣だな、アキト」

大の大人が、服で作った巣を褒《ほ》められて、嬉《うれ》しいなんてどうかしている。それでも、アキトは気持ちを隠《かく》しきれず、赤い顔で頷いた。

腰《こし》を摑《つか》まれ、リークの膝《ひざ》に乗る。触《ふ》れたくて、触れられたかったにも拘《かか》わらず、目の前に差し出されると戸惑《とまど》う。

「余がいなくて、寂しかったか？」

リークの問いかけに、こくりと首を振《ふ》った。満足そうに微笑むリークが、何よりも愛《いと》おしい。

「いい巣を作った貴様には褒美《ほうび》をやろう。宝石か、それとも西の大地か、何でも好きなものを申せ」

兆《きざ》したアキトの屹立《きつりつ》の存在を知っているのに、リークはわざと知らないフリをしている。清《せい》廉《れん》な仕草でおでこに唇《くちびる》を押しつけられた。

「そういえば、淫靡《いんび》な下着を贈《おく》るという約束も果たしていなかったな」

頬《ほお》を撫《な》でられ、ぞくりと官能の種が芽吹《めぶ》く。リークの手がアキトの背骨を数えるように撫で、欲望に従順な体がむずむずしてきた。

「下着なんていらねぇって」

「なぜだ。余はもう一度、この目で見たいというのに」

レースたっぷりで、体の輪郭《りんかく》が薄《うす》く透《す》けて見えるあれなんて、二度とごめんだ。

「つーか、あの時だって、……お前、全然興味を示さなかったじゃねぇか」

アキトがねちねちと責めると、心から後悔《こうかい》しているように、リークが肩《かた》を落とす。

「あの夜は、心身共に余裕《よゆう》がなかった。今思えば、誠にもったいないことをした」

悲しそうにリークが目を伏《ふ》せると、さっき固めた決心がすぐに揺《ゆ》らいだ。

「ど、どうしてもって、言うなら……！　気が向いたら、着てやらないこともない」

「誠か、アキト！　それは実に楽しみだ」

たかが下着ひとつで、そんなに喜ぶんじゃねぇよ、可愛《かわい》すぎるだろ。ふーっ、と長い深呼吸をして、破顔したリークを真上から見下ろす。

「それより、リーク。もっと近くに……。なぁ、わかんだろ」

ぐずる子どもを見るような目で笑われて、むっとした。

「そのように睨んでも、余を喜ばせるだけだぞ、アキト」

なんて嫌《いや》な奴《やつ》だ。今度こそ文句を言ってやろうと口を開けると、舌をねじ込まれた。怒っていたのに、ぶ厚い舌が気持ちよくてリークのことしか考えられなくなる。頭がふわふわする。

「どのように愛せばいい。じわじわと快感を与《あた》えるか、それとも激しくその淫《みだ》らな孔《あな》を突《つ》き上げるか」

欲望にまみれた声を出したリークが、うなじを甘く噛《か》む。その痛みすらたまらなく気持ちよかった。

「先にそそり立った貴様のそこを舐《な》めてやろうか。いやらしく尖《とが》る果実を嬲《なぶ》るのも楽しいだろうが。どうして欲《ほ》しい？　申してみよ」

ゆっくりと言葉で攻《せ》められる。瞬《まばた》きするようなほんの少しの間、リークの淫らな姿を想像した。アキトを貪《むさぼ》る獣《けもの》めいた愛しい男の姿を。

すると直接性器に触《さわ》られてもいないのに、兆したそこから欲望がほとばしる。

「あっ……うそだ……や……」

止めたいのに、射精するのをやめられない。下穿きの中はべちゃべちゃだ。耐《た》えきれない羞《しゅ》恥心《うちしん》に、思わずうつむいたアキトの顔を、リークは強制的に上へ向かせた。

「余の声だけで、達したのか」

「……言うな」

「ああ……本当に愛《う》い奴だな、アキト」

口づけられ、愛されている幸せを嫌というほど嚙み締める。

「お前だけ余裕で、腹が立つ」

「余裕がないのは、余も一緒《いっしょ》だ」

「……嘘《うそ》つけ」

否定してほしいから、わざと拗《す》ねてみせた。

「不埒《ふらち》者。政務をこなしている間も、どんなに貴様を抱きたかったか、わからせてやる」

せっかく作った巣を、リークは無残にも床《ゆか》に落としていった。「あー！」とアキトが残念がって声を上げると、「本物がここにいるだろう」と甘く叱《しか》られる。

「どうされたい、言え」

まるで催眠《さいみん》術にかかったように、アキトはリークしか見えなくなった。

指の先まで、期待して、興奮する。

「口づけが……欲しい。たくさん……」

漆黒《しっこく》の瞳が近づく。リークに抱《だ》き締められ、アキトは情熱的な口づけを喜んで受け入れた。

「ほかには？　申してみろ、アキト」

「舐めたい。……リーク、お前のを……早く」

硬《かた》く反り返った屹立をぺろぺろと舐める。自分の舌で感じてくれるのが嬉しくて、一度リークが達してからもずっと吸ったり口に含《ふく》んだりしていたら、「貴様にも触らせろ」とリークに苦笑《くしょう》された。

服を脱《ぬ》がされ、リークの体の上にまたがる。慎重《しんちょう》に腰を落としてゆくと、猛《たけ》った屹立を貪欲《どんよく》に要求する内膜《ないまく》が、ヒクヒクとうねりながらそれを飲み込む。とても満たされて、ぐずぐずとその快感に浸《ひた》っていた。なのに、リークは物足りないとばかりに腰を動かす。

「あっ、あっ……！」

ずん、と下から打ちつけられるとさらなる快感が弾《はじ》け、求め合う瞳は火花を散らして交わった。リークに上を向かされ、また乱暴な仕草で唇を奪《うば》われる。

「ん……ふっ」

何回唇を重ね合わせても足りない。心臓は火傷《やけど》したかのように痛んでいる。今すぐにこのまならない心と体をどうにかしてくれ。

「好きだ……リーク。終わらせるなよ、もっと、お前が欲しい」

今度は寝台《しんだい》に寝《ね》かされ、膝の裏を持ち上げられた。浅ましく足を広げて、「早く、早く」と急《せ》かす。長い間、律動を受け止め、リークの腹に屹立を擦《こす》られながら、一緒に射精した。

火照《ほて》った体を離《はな》し、リークがゆったりとした動作でアキトの髪《かみ》を梳《す》く。アキトは行為《こうい》を終わらせたくなくて、いやいやとかぶりを振った。

「いやだ。俺はまだ……お前が……」

「体は辛《つら》くないのか？　余は己《おのれ》を律しなければ、ひどくこの体を貪ってしまう」

アキトはリークの首に、ゆっくりと手を回した。初めてリークに出会った際、剣《けん》の切っ先のような男の言葉に幾度《いくど》となく傷つけられた。でも、もうこの男は絶対にアキトを傷つけたりしない、そんな予感がした。だからこそ——。

「ひどくしろよ。お前になら、ひどくされたい」

その瞬間《しゅんかん》、獲物《えもの》を狙《ねら》う獣のような笑みをリークが浮《う》かべる。

「悪くない台詞だ」

一度唇を重ねてから、アキトはリークにうつ伏《ぶ》せにされた。覆《おお》い被《かぶ》さってきたリークに、顔だけ振り返ってまた口づけをせがんだ。

「んっ……ふ、……ああっ、あっ」

逃《のが》れようのない体勢で、奥を延々と突かれる。執拗《しつよう》なその仕草に、しばらくしてアキトは涙《なみだ》声《ごえ》で音を上げた。

「やめ……、おく、もう……いやだっ……」

「……ならばどこがいい、申してみろ」

「わかんなっ、……リークッ……あぁっ！」

「ここはどうだ」

笑ったリークに、今度は浅い場所を攻められる。性器に繋《つな》がる内部をグリグリと刺激《しげき》されると、敏感《びんかん》になった神経に直接触れられているかのような絶頂が繰《く》り返し押し寄せた。

「……や、だ、だめっ、……そこ、……んっ！」

「いやだの、だめだの、わがままな妃《きさき》だ」

遠慮《えんりょ》のない律動が、アキトの最奥《さいおう》を貫《つらぬ》いた。チカチカと目の前が極彩色《ごくさいしき》で彩《いろど》られる。踏《ふ》み留《とど》まろうとしても、到底敵《とうていかな》わない力で押し流されていた。

「んぁあっ……ひぅ……あっ！」

「いいのか、悪いのか、はっきりしろ、アキト」

リークの優《やさ》しく笑う声が、胸を切なくさせる。

「い、いい……ぜんぶ、……き、気持ちいい……リーク！　リークぅ……！」

「余だけの可愛いオメガ」

「あっ、ああっ！」

「もっとひどくしてやる」
番《つが》った証《あかし》のあるうなじに、リークが再び噛みつく。ぴりっとわずかな痛みが走るのと同時に、アキトは圧倒《あっとう》的な幸せに包まれながら、また精を放っていた。

アキトにいさまへ

だんなさまとはうまくやっていますか？
ティシアはさいきん、すきなひとができました。
アルファのくにからきたガウリンさまです。
およめさんにしてねっていったら、こまったかおをされてしまいました。
アキトにいさま、どうしたらガウリンさまとけっこんできますか？
こんどあそびにいきます。

ティシアより

時折反対になっている文字は、ご愛敬《あいきょう》だ。ティシアが一生懸命《いっしょうけんめい》に書いてくれた手紙を読み、アキトは声を上げて笑った。

リンデーン王国の色男は、幼い我が妹を虜《とりこ》にしてしまったらしい。ガウリンの困ったような笑顔《えがお》が目に浮かぶ。

「どうかしましたか、アキト様」

レガルが不思議そうに問いかける。アキトは手紙を大事にしまって、「いいや」と顔を上げた。

リンデーン王国の夏は、とても過ごしやすい。バラ病の脅威《きょうい》も去り、この頃《ごろ》は穏《おだ》やかな日々が続いていた。

王都にはエアリス公国の商人の姿をよく見るようになり、そしてエアリス公国にはリンデーン王国からの観光客も増えた。かつてふたつに分かれた国の民《たみ》は、ゆっくりと歩み寄ろうとしている。

その日、久しぶりのリークの休みに、天気もいいからピクニックでもしようと誘《さそ》ったのはアキトだった。

朝から侍女《じじょ》たちに頼《たの》み込んで厨房《ちゅうぼう》に入り、慣れない弁当作りもした。この国に嫁《とつ》いで来た時には、まさかリークに弁当を作るとは夢にも思わなかったけれど。

頬《ほお》を撫《な》でる風は夏の匂《にお》いを含んでいた。レガルは邪魔《じゃま》をしないように配慮《はいりょ》しているのか、少し離れたところからアキトたちを見守っている。青々とした宮殿《きゅうでん》の庭をこうしてリークと二人で歩くのは、とても気持ちがよかった。

「昼餉《ひるげ》を食べたら、遠出して狩《か》りにでも出かけるか？」

最近はますます政務に忙《いそが》しく、ようやくできた二人の時間だったが、ひとつ問題がある。

「……うーん、いや、やめておくわ。ちょっと馬はな」

曖昧《あいまい》にアキトが笑うと、すぐさまリークは怪訝《けげん》そうな表情を浮かべた。

「どうしたのだ、アキト。……まさか、具合でも悪いのか！」

リークに肩《かた》を強く摑《つか》まれたアキトは、へらっと相好を崩《くず》した。

「具合は悪くねぇよ。でも、こいつが今日はのんびりしたいって言ってる気がするからな」

「こいつ……？　誰《だれ》のことを言っておる」

手のひらを腹に当てて、ゆっくりと撫でる。すぐさま、そばに駆《か》け寄ってきたレガルのほうが理解が早く、「おめでとうございます！　アキト様、リーク様！」と歓喜《かんき》の声を上げた。

「おめでとうとは……、ま、まさか、アキト……」

ようやく意味がわかったのか、極限まで目を見開いて、リークは固まった。

「しっかりしろよ、父上殿《どの》」

ふるふると肩を震《ふる》わせるリークは、美形な顔が台無しになるくらい相当まぬけな顔をしている。こみ上げる笑いに体を揺《ゆ》らしていると、うわずった声が耳元に届いた。

「お、男か、それとも女か！」

「まだわかるわけないだろ、ばーか！」

リークは押し黙《だま》り、そのうち小さな涙の粒《なみだつぶ》をぽろりと右目から落とす。死ぬ間際《まぎわ》でさえ泣かなかった男の涙に、胸が甘い痛みを覚えた。

「泣くなよ、リーク。俺までもらい泣きするだろ」

リークの頬に手を伸《の》ばす。リークはアキトのその手ごと包み込み、もう片方の手を命の宿るお腹《なか》にそろそろと当てた。降り注ぐ陽《ひ》を浴びて、リークの黒髪《くろかみ》が天使の輪のようにつやつやと輝《かがや》く。生まれてくる子は、黒髪だろうか、それとも金色の髪だろうか。アキトが幸せな気持ちで考えていると、リークがすうっと息を吸った。

——今は眠《ねむ》れ。愛《いと》しい子よ。頭上に吹《ふ》き荒《あ》れる風も、頬を濡《ぬ》らす雨も、すべてを忘れて。私がそなたを抱《だ》き締《し》める。今は眠れ。愛しい子よ。

何度もアキトが歌った子守唄《こもりうた》を、今度はリークが二人の子どものために口ずさんでいる。アキトは深い感動に打ち震えた。初めて出会った時、強引《ごういん》に口づけられた時、好きだと気づいた時、愛を確かめ合った時、リークと過ごしたかけがえのない瞬間が、激流のように胸に迫《せま》る。

「お前もヘッタクソじゃねぇか！」

泣きそうになるのをごまかして憎《にく》まれ口を叩《たた》くと、繊細《せんさい》な仕草で腰《こし》を引き寄せられる。

「痛くはないか？　苦しいところはないか？」

「ああ、平気だ」

いつもより恐《おそ》る恐る抱き締めるリークに、くすくすと笑いがこぼれた。アキトはぐっとリークの胸元《むなもと》を摑み、意地悪な笑みを浮《う》かべる。

「リーク国王陛下、私と赤子のために馬車馬になってくださいますか？」

いつかの台詞《せりふ》を返してやった。その瞬間、とろけるような甘い口づけをされて、目を丸くした。

「愚問《ぐもん》」

猫《ねこ》のようにぺろりと唇《くちびる》を舐《な》め取られ、アキトは真っ赤になってリークの胸を押す。

「ひ、人前ではそういうのやめろって、いつも言ってんだろ！」

「アキト様、私のことはお構いなく。どうぞ好きなだけ口づけをなさってください。だいたい、いつでもどこでもイチャイチャしているお二方ですから、今更《いまさら》でしょう」

身に覚えがありまくるアキトは、返す言葉もなかった。

先日も、アキトが衛兵と他愛《たわい》ない世間話をしていたら、急に現れたリークになんの脈絡《みゃくらく》もなく口づけられた。昨夜《ゆうべ》だって、廊下《ろうか》で侍女に話しかけようとすれば、隣《となり》を歩くリークに尻《しり》をいやらしく揉《も》まれた。リークの愛情表現は、普段《ふだん》から激しすぎるのだ。拒《こば》みきれない自分にも非はあるのだが。

「誠《まこと》によくできた従者だな。どうだ……まだ、何か問題があるか？　愛しい我がオメガ」

「お前なぁ……んっ！」

また性急に唇を求められ、アキトはどうにでもなれと自らリークの首に手を回して舌を絡《から》めた。口づけの合間に「愛している」と何度も囁《ささや》かれる。

気持ちのいいカラリとした夏の風が、番《つがい》の証《あかし》のあるアキトのうなじを撫でていた。これから、初めてリンデーン王国の夏を経験する。そうやって色々な初めてをリークと分かち合いたい。

時に、この世は理不尽《りふじん》で残酷《ざんこく》だ。けれど、何度だって立ち上がってみせる。愛する者がそこにいるから。

「俺も愛してるよ、リーク」

アキトは幸せな気持ちを二人分抱《かか》えて、どうしてもにやけてしまう顔を逞《たくま》しい胸にすり寄せた。

あとがき

はじめまして、こんにちは。椿《つばき》ゆずと申します。

このたびは『冷酷アルファ王子と不屈のオメガ妃殿下』を手に取っていただき、本当にありがとうございました。

今まで『みなと商事コインランドリー』というBL漫画《まんが》の原作をしておりましたが、今回のお話が初めての文庫本となります。

さっそく裏話をいたしますと、今作の初稿《しょこう》ができあがったのは、現実の世界で新型コロナウイルスが猛威《もうい》を振《ふ》るう前でした。なんとか書き上げて角川ルビー小説大賞に応募《おうぼ》した後、世の中の情勢は目まぐるしく変わっていきました。

奇《く》しくもパンデミックを扱《あつか》った今回のお話は、きっとだめだろうと思っていたんです。ですが、本当にありがたくも読者賞をいただきまして、驚《おどろ》きと喜びを同時に味わいました。改めまして、角川ルビー小説大賞に携《たずさ》わってくださった全てのみなさまに感謝を申し上げます。

そして、右も左も分からない新人に手取り足取り教えてくださり、刊行まで優《やさ》しく導いてくださった担当様にも最大限の感謝を述べたいです。

また、今回イラストを担当してくださったアヒル森下《もりした》先生、本当にありがとうございます。褐色の肌のアキトは大変麗しく、そしてリークは冷酷さを感じさせながらも、とても品のある青年に仕上げてくださいました。素敵なイラストを眺めていると、嬉しさで顔が盛大ににやけます。

校正を担当してくださった方々、営業のみなさま、この本を扱ってくださった書店の関係者様、そして、改稿《かいこう》作業中も励《はげ》ましてくれた友人たち、フォロワーさんたちにも厚く御礼《おんれい》を申し上げます。

お気づきかと思いますが、今、私は色々な方々にめちゃくちゃ感謝をしております。むしろ、あとがきのスペースを端《はし》から端まで「ありがとう」で埋《う》めてしまいたいほど、この本を出すことが私にとっての夢であり希望でした。このお話が実際に本屋さんに並んだ時には、きっと大げさでもなんでもなく涙《なみだ》することでしょう。

発売日当日にぐじぐじと泣きながらこの本を買っている怪《あや》しい人物がいたら、それはきっと私です。

もしよければ、感想などをお聞かせいただけたら大変嬉しいです。

最後にあなた様にもう一度お礼の気持ちを伝えさせてください。

本当にありがとうございました！

椿ゆず

KADOKAWA RUBY BUNKO
冷酷《れいこく》アルファ王子《おうじ》と不屈《ふくつ》のオメガ妃殿下《ひでんか》
椿《つばき》ゆず

角川ルビー文庫 22770

2021年8月1日 初版発行

発行者——青柳昌行
発　行——株式会社KADOKAWA
〒102-8177 東京都千代田区富士見2-13-3
電話 0570-002-301(ナビダイヤル)
印刷所——株式会社暁印刷
製本所——本間製本株式会社
装幀者——鈴木洋介

ISBN978-4-04-111683-8 C0193 定価はカバーに表示してあります。

KADOKAWA RUBY BUNKO

角川ルビー文庫

いつも「ルビー文庫」を
ご愛読いただきありがとうございます。
今回の作品はいかがでしたか？
ぜひ、ご感想をお寄せください。

〈ファンレターのあて先〉

〒102-8177 東京都千代田区富士見 2-13-3
株式会社KADOKAWA
ルビー文庫編集部気付
「椿 ゆず先生」係